la Scala

GIANRICO e FRANCESCO CAROFIGLIO

La casa nel bosco

Rizzoli

Proprietà letteraria riservata
© 2014 RCS Libri S.p.A., Milano
ISBN 978-88-17-07477-3
Prima edizione: marzo 2014

La casa nel bosco

"La morte non è niente,
io sono solo andato nella stanza accanto."

A nostro padre

Primo

È tutto accaduto, più o meno.

È l'incipit di un grande romanzo. Ed è un peccato che lo abbia già scritto Kurt Vonnegut, perché sarebbe l'attacco ideale per questa storia. Anzi, per *queste* storie.

Tutto il mistero e tutta la meraviglia si nascondono nello spazio di quel più o meno.

È in quello spazio, nello scarto fra le cose accadute e quelle raccontate, che noi due siamo quelli veri, e le avventure ordinarie di un'infanzia e di un'adolescenza comuni diventano fatti leggendari.

Quindi, è tutto accaduto. Anche questa storia.

Più o meno.

Gianrico

L'automobile corre sul rettilineo che attraversa la campagna. Gli ulivi sono mossi da un vento leggero, che cambia colore alle foglie, e l'aria è mite. È una giornata di ottobre, il sole allunga le ombre, prima del buio invernale. Si sente soltanto il rumore del motore e il suono ricorrente dell'asfalto dissestato, come tanti anni fa.

La campagna in autunno è un detonatore di malinconie lontane, la luce ha perso la limpidezza rassicurante dell'estate e il cielo azzurro non è più capace di fare promesse.

Guido la vecchia Mini Minor, Francesco è seduto accanto a me ed è lui a rompere il silenzio che dura da almeno venti minuti, cioè dall'inizio del viaggio.

«Secondo me non avremmo dovuto accettare.»

«L'offerta per la casa?»

«Anche quella. Però mi riferivo alla proposta per il libro.»

«Perché?»

«Perché cosa? Il libro o la casa?»

«Tutti e due.»

«La casa potevamo tenerla. Potevamo rimetterla a posto e andarci a turno il fine settimana e magari passarci qualche giorno in estate. Era bella anche d'inverno, con l'odore della legna, il tepore mentre fuori faceva freddo...»

«Come no. Ci saremmo andati di sicuro. Avremmo passato serate indimenticabili davanti ai bagliori del camino, sorseggiando un cognac con uno splendido pastore maremmano ai piedi. Anzi, avremmo litigato per chi doveva usarla.»

«Guarda la strada.»

«Hai una vaga idea di quando ci abbiamo dormito l'ultima volta, in quella casa? Hai presente in che condizioni è? E quanto costava di manutenzione e spese varie?»

«Certo. Forse ti sfugge che me ne occupavo io.»

«Non mi sfugge affatto. Ero sarcastico. Conosci il significato della parola? E il significato dell'espressione *scelte razionali* ti è chiaro?»

«Puoi guardare la strada, per piacere?»

«Possiamo considerare esaurita la questione della casa? Visto che fra l'altro c'è un contratto di vendita già firmato e registrato?»

Francesco sta per ribattere qualcosa ma poi decide che è meglio lasciar perdere. Scuote la testa, si passa la mano sul viso. Io guardo davanti e sento la mascella contrarsi. Mi capita spesso quando discuto con mio fratello.

«Comunque sia, perché non avremmo dovuto accettare la proposta per il libro?»

«Non lo so. Siamo troppo diversi. *Scriviamo* in modo troppo diverso. Litigheremo.»

«Molto presto, su questo hai ragione.»

«E poi lo hanno già fatto in tanti, non è neanche un'idea nuova.»

«Cosa, hanno già fatto in tanti?»

«Scrivere un libro come questo. Come l'hanno chiamato? *Memoir gastronomico-sentimentale?* Dài...»

«L'idea è che sia scritto a quattro mani. Questa sarebbe la novità, ne parlammo in quella riunione. Tu eri quello con il maglione dolcevita. Scusa, ma non ricordo i pantaloni.»

«Molto divertente. Dovresti farlo di professione, il comico. Puoi riempire i teatri, vedo già la gente che si ammazza per le risate.»

Sto per replicare quando la strada piega dolcemente per sbucare poco dopo su quel rettilineo che tutti e due ricordiamo bene. Il percorso diritto verso il paese delle vacanze.

«Senti, il contratto del libro lo abbiamo firmato. Decidiamo cosa scrivere e come farlo. E poi facciamolo, senza tirarla per le lunghe. Bisogna solo trovare uno spunto per cominciare, il resto verrà da sé.»

Francesco fa un respiro profondo, come di chi sta per prendere una decisione che gli costa un po' di fatica. Poi la sua espressione muta in modo quasi impercettibile.

«Cos'è questo odore?»

«Che odore?»

«Viene da fuori.»

«La sansa?»

«È vero! La sansa.»

«Ci dev'essere un oleificio da queste parti.»

«Ma poi cos'è esattamente la sansa?»

«Credo che sia un sottoprodotto dell'estrazione di olio d'oliva. Le bucce e i noccioli, dai quali poi si ricava l'olio di sansa.»

«Non sentivo questo odore da anni.»

«Non lo producono quasi più, l'olio di sansa.»

«Quando eravamo ragazzi si sentiva spessissimo.

Cazzo, mi ha riportato indietro. Se adesso da quella curva saltasse fuori una Fiat 127 o magari una Prinz verde, non mi stupirei.»

«Potrebbe pure capitare. I contadini ne hanno ancora tante. Era la Prinz verde che portava sfiga?»

Francesco fa una mezza risata. Poi si passa di nuovo la mano sul viso, come per togliere qualcosa di appiccicoso e tenace.

«Mi morde lo stomaco andare là, a chiudere quella casa.»

Non so cosa rispondere. Evito di guardare mio fratello.

«Anche a me.»

Per qualche minuto restiamo in silenzio. Poi Francesco riprende a parlare.

«A pensarci, quello era un mondo in cui c'erano più odori. Non so come dirlo. Odori di ogni genere. Buoni e cattivi.»

«Secondo me la questione è diversa. Eravamo noi a sentire gli odori perché eravamo bambini. Abbiamo smesso diventando grandi.»

«Abbiamo smesso di sentire gli odori?»

«Siamo a disagio con gli odori e soprattutto con quelli cattivi, per via di un processo culturale. Tendiamo a rifiutarli perché alludono alla parte più elementare, animalesca se vuoi, della nostra natura.

Per questo diventando grandi smettiamo di sentirli. Ci concentriamo sui sensi che ci sembrano più accettabili socialmente.»

«Non lo so. Forse hai ragione, ma comunque c'erano più odori. E di certo la gente usava meno deodoranti. Ti ricordi cosa si sentiva nell'ascensore di casa?»

Me lo ricordo benissimo, d'un tratto, e mi viene da ridere, come una reazione all'angoscia a bassa intensità che ci accompagna da quando ci siamo messi in macchina.

«Come si chiamava quello che puzzava di naftalina?»

«Armenise, mi pare. Ma non era solo lui. Anche la moglie e i figli.»

«Che fine hanno fatto?»

«Boh. Da quando se ne sono andati non li ho più visti.»

«E la Caldarulo?»

«La Caldarulo! Lasciava quell'odore... com'era?»

«Pasta e fagioli, direi.»

«Pasta e fagioli, giusto.»

«Ecco. Forse potremmo cominciare da lì, per il libro.»

«Dalla Caldarulo?»

«Dagli odori. Olfatto e gusto sono legati, non

è così? Partiamo dagli odori e passiamo ai cibi. Buttiamo giù un elenco di quelli che ci vengono in mente. Intendo gli odori dell'infanzia e dell'adolescenza. Senza pensarci troppo. Può essere un punto di partenza.»

Francesco lascia passare qualche secondo, poi annuisce guardando avanti. La strada è deserta, a parte un camion in lontananza. La macchina prende una buca, Francesco fa una smorfia.

«Questa macchina ha gli ammortizzatori che non funzionano. Quanti anni è che ce l'hai?»

«Parecchi, in effetti.»

«Anzi, direi che non ce li ha, gli ammortizzatori.»

«È un piccolo problema delle vecchie Mini. Ma per il resto è perfetta e poi la lascio dove voglio, anche aperta. I ladri nemmeno si avvicinano.»

«Come dargli torto?»

«A chi?»

«Ai ladri.»

Francesco

Prendo il quaderno nero dalla borsa e faccio scattare il portamine rosso e panciuto. Lo stesso colore di questa vecchia automobile.

Ho sempre con me penne e matite, e almeno uno di quei quaderni spillati a vista. L'anno scorso ne ho comprato una scatola intera in un mercatino da un ambulante polacco.

Gianrico continua a guidare, e io scrivo.

«Dài, facciamo questa cosa degli odori, vale tutto, comincia tu» dice.

«Va bene... allora vediamo... caffè.»

«Originale.»

«Hai appena detto che vale tutto. Il primo che mi è venuto in mente è il caffè. Anche se non lo bevo più.»

«D'accordo. Caffè... il caffè del bar, l'espresso.»

«Il caffè della moca, la mattina presto. Fatto da mamma prima che noi ci alzassimo per andare a scuola.»

«Mamma si è sempre alzata molto presto.»

«Io me la ricordo in terrazza, anche d'inverno, con un maglione pesante sopra la camicia da notte, mentre curava le piante e beveva il caffè, appunto. Non si sentivano ancora i rumori delle macchine.»

«Questo appuntalo, magari ci serve.»

«Ok.»

«Poi vediamo...»

«L'odore della colazione.»

«Il latte con l'orzo e gli Oro Saiwa, sì. Vabbe', tu ti ingozzavi di Oro Saiwa...»

«Mi ingozzavo, io?»

«Non te lo ricordi? Prendevi otto biscotti e li inzuppavi tutti insieme. Tra l'altro usavi quella tazza che sembrava la ciotola di un alano.»

«Quella tazza ce l'ho ancora. L'ho usata tutti gli anni dell'università.»

«Certo che mangiavi allora...»

«Certo che mangiavo!»

«Però eri magro...»

«Io *sono* magro.»

«Come no.»

Le distese di ulivi corrono ai lati della strada. Gli

ulivi da queste parti sono snelli, con le foglie d'argento, così diversi da quelli potenti e tortuosi del Salento. Mi piacciono entrambi. La campagna mi è sempre piaciuta.

«E la Nutella?» dice Gianrico.

«Era proibita a casa. Te lo sei dimenticato?»

«Non me lo sono dimenticato. Io la compravo a scuola, al mercato nero.»

«Guarda che le suore non vendevano la Nutella, vendevano i cracker e i Kinder Brioss in confezione singola.»

«Sapevo dove trovarla.»

«E cioè?»

«Un mio compagno di classe rubava le confezioni dalla salumeria di suo padre e poi ce le vendeva di nascosto durante la ricreazione.»

«Va bene, andiamo avanti.»

Mentre scrivo penso che abbiamo sempre parlato poco, noi due. E questo gioco della memoria mi fa un effetto strano. Siamo diversi, lo siamo sempre stati. Guardo mio fratello guidare, e mi sembra di non sapere nulla di lui. E lui non sa nulla di me.

«Il dopobarba di papà.»

«Che c'entra, non è roba da mangiare.»

«Lo so, ma mi è venuto così. È un odore che ricordo perfettamente, la mattina, prima che uscisse.»

«Allora... il gelsomino, in terrazza, le gardenie.»

«La menta, la salvia, il rosmarino. E quella pianta che se strofinavi le dita sulle foglie ti restava il profumo... com'è che si chiama?»

«La citronella.»

Stiamo andando a chiudere la casa di campagna, prima di consegnare le chiavi al nuovo proprietario. Abbiamo deciso di dare un'ultima occhiata, magari ci prendiamo qualche oggetto, dei libri.

Gli oggetti sono oggetti, le cose restano cose, ce lo siamo detti un sacco di volte, in questi ultimi giorni. È giusto lasciarli andare via, come andrà via quella casa, non più usata da tempo.

Gianrico adesso ha gli occhi fissi sulla strada e io scrivo veloce, tutto quello che viene.

«Pane. Il pane di Altamura.» Mentre lo dico rivedo quella forma accavallata, di ruvida eleganza.

«Buono. Con la mollica gialla.»

«Panini, l'odore dei panini, nei sacchetti di carta marrone. Sfornati da poco, quando andavamo alle elementari. I panini che fumavano.»

«Il forno di San Rocco, l'odore del forno. Con i due fratelli fornai, alti e calvi, tutti infarinati. Avevano anche le lenti, infarinate.»

«D'estate e d'inverno indossavano quella maglia bianca a mezze maniche e il grembiule.»

«Il maritozzo.»

«Il maritozzo... giusto.»

«Ne ho mangiato uno proprio qualche settimana fa.»

«Li fanno ancora?»

«Solo alcuni panifici. Ce n'è uno al quartiere Libertà che li fa uguali, spaccati nel mezzo, con i pezzetti di zucchero.»

«... e il profumo dei cornetti che arrivava dal cortile interno del condominio? C'era il laboratorio della pasticceria... i krapfen alla crema, le brioche con la panna.»

«Stai prendendo appunti?»

«Tu guida, io prendo appunti.»

Quando imbocchiamo il lungo sentiero che conduce al bosco, il paesaggio cambia. I cipressi e le inferriate acuminate che circondano le proprietà restringono l'orizzonte verso l'imbocco della foresta. Poi la Mini svolta a sinistra, per la stradina che porta a casa.

«La granita di caffè con panna. Doppia panna, sopra e sotto, la granita un po' amara e quella panna zuccherina.»

Facevamo colazione in terrazza, la domenica, in primavera. Andavo a comprare le granite al bar, il tipo preparava un vassoio di cartone e ci metteva i quattro bicchieri, uno accanto all'altro, con un foglio di carta oleata per proteggere la panna. E, a parte, un sacchetto con le brioche. La domenica ci lasciavano comprare anche «La Gazzetta dello Sport» e un paio di fumetti.

«Ecco: i giornali, l'inchiostro, la carta. Quell'odore pungente dei settimanali. Scrivi, questo mi piace, scrivi.»

«Calmati, sto scrivendo da un pezzo.»

«Le bustine con le figurine Panini, la Coccoina...»

«I bidoni dell'immondizia.»

«Cosa?»

«La puzza dei bidoni dell'immondizia.»

«Ma che odore è?»

«È una puzza, infatti. Venivano a scaricare i bidoni al piano di casa. Quando ero piccolo, quel tizio con la tuta e il cappello mi sembrava lo spazzacamino di Mary Poppins.»

«La mensa dell'asilo.»

«A proposito di odori cattivi?»

«La mensa dell'asilo. Incredibile come ti vengono fuori certe cose. Mamma non ci ha lasciato mai mangiare lì, l'ho sempre vissuta come una vera ingiustizia. Le suore cucinavano quelle polpette buonissime.»

«Non lo sai se erano buone, non le hai mai assaggiate. Magari facevano schifo.»

«Me le sono immaginate sempre buonissime.»

«Secondo me facevano schifo.»

«Il profumo della prima colazione negli alberghi, d'estate.»

«Questo mi piace molto. Me lo ricordo bene. Il profumo della prima colazione negli alberghi, d'estate. Sì.»

«Il latte di mandorla che preparava nonna Italia.»

Saranno vent'anni che non bevo un bicchiere di latte di mandorla. Nonna mi diceva sempre che il segreto della ricetta stava nel modo in cui spremevi la pasta di mandorle e facevi filtrare il succo con un tovagliolo di lino.

«Vabbe', allora il tamarindo, l'orzata, l'amarena. Ci mettevi un dito di sciroppo e riempivi d'acqua fredda e cubetti di ghiaccio.»

Questa cosa mi fa pensare all'estate, al bosco, alle vacanze qui.

Parcheggiamo l'auto. Gli sportelli fanno un suono secco nel silenzio della campagna.

Le case dei vicini sono disabitate, lo sono sempre dopo settembre, la vegetazione spontanea abbraccia gli alberi e la casa, protetta dai rampicanti, si nasconde in fondo al viale. Due gattini attraversano il piazzale e un terzo, forse la madre, soffia minaccioso prima di allontanarsi. Gianrico infila la chiave nella serratura. È una di quelle lunghe, un po' storte, gira con difficoltà, ma alla fine la porta si apre.

Quando siamo in casa, sentiamo l'odore. Inconfondibile, di camino, umidità e camere chiuse. Apro le imposte e lascio circolare l'aria. Le stanze sono tali e quali, la stessa disposizione dei quadri, i mobili, la scultura di legno intagliato accanto al camino.

«Come si apre questa accidenti di serranda?»

«Come sempre.»

«Cioè?»

«Togliendo il fermo.»

«Ah, ecco, appunto.»

Le finestre delle camere da letto affacciano sul bosco, c'è un pezzo di giardino e il recinto, oltre il cancelletto i cipressi creano una cortina impenetrabile. Da piccoli attraversavamo quel varco per le passeggiate al tramonto. Circolavano strane leggende sulle presenze misteriose che abitavano quei luoghi.

Nel corso degli anni ho giurato di aver visto qualsiasi cosa, dagli gnomi barbuti che terrorizzavano le coppiette a un orso bruno che si lasciava accarezzare sulla testa, dai branchi di lupi affamati ai dischi volanti, da un serpente lungo sei metri a un'aquila imperiale, per non parlare di quel cane nero mostruoso che faceva a pezzi gatti, volpi e pecore ignare.

Il bosco era grande. Allora sembrava immenso.

Gianrico

Diciamocelo: mio fratello e io siamo stati sempre molto diversi. Quando eravamo ragazzi, Francesco faceva atletica e io arti marziali. Lui era agile, io picchiavo abbastanza duro. A calcio lui era mezzala e io stopper. Lui disegnava benissimo, a me piaceva scrivere storie. Lui suonava il pianoforte e sapeva cantare, io no.

A me piacevano: la focaccia con la mortadella, i panzerotti fritti, la torta a tre strati di Rosa di Bitritto.

A lui piacevano: il fegato di merluzzo, il minestrone, la crostata di amarene.

«Scusa, ma a te piaceva davvero il fegato di merluzzo?»

«Come ti viene?»

«No, stavo pensando.»

«Sì, mi piaceva, e mi piace pure adesso. A te no?»

«E magari ti piace anche il merluzzo bollito...»

«Infatti mi piace. Con un filo d'olio... dovresti provarlo.»

«Sì, come no, ma una cosa saporita? Che ne so, la pizza di cipolla?»

«Mi piaceva quella che faceva zia Magda, con l'uvetta e le olive.»

«Ci metteva anche lo zucchero sulla crosta. Buona.»

Erano gli anni Settanta, c'erano i pantaloni a zampa di elefante, il frigorifero Minerva, *Rischiatutto*, il mangiadischi, Claudio Baglioni (vabbe', quello c'è ancora), la Graziella, e in giardino una piscina arancione di plastica gonfiabile.

Alla foresta di Mercadante ci andavamo tutte le estati, da luglio a settembre.

La foresta nacque dal nulla nel 1928, per ragioni idrogeologiche: gli alberi furono piantati per proteggere Bari dalle alluvioni ricorrenti. Pini, cipressi, lecci, querce attecchirono subito, trasformando in maniera sorprendente un suolo povero e inospitale. Quando noi cominciammo a passarci le vacanze, pareva che quella vegetazione rigogliosa esistesse da sempre e che custodisse segreti millenari.

Il nome ufficiale era Foresta Demaniale di Mercadante. Noi però la chiamavamo *Il Bosco*. A pensarci adesso credo che questa parola ci sembrasse più cordiale, capace di esprimere la nostra familiarità, l'idea che lì, noi tutti, ci sentivamo a casa.

Sempre, prima della partenza, c'era un senso di attesa, come una lieve febbre dell'anima. Le cose che ci sarebbero accadute quella stagione avrebbero cambiato per sempre le nostre vite. Ne eravamo certi, ogni volta.

Avere una villa praticamente nel mezzo della foresta ci pareva uno straordinario privilegio. In effetti lo era. Quella casa era il confine. Un filo teso che portava diritto al Paese delle Meraviglie.

La stanza che a me piaceva di più – ma credo anche a mio fratello – era quella del grande camino. Adesso, come tutto il resto, è un po' malridotta.

«Gianrico, qui c'è un ragno rosso con le zampe lunghe quanto il mio mignolo, che faccio?»

«Niente, lo lasci dov'è.»

«È su una ragnatela di un metro quadro. La lasciamo così?»

«Ora ci pensiamo.»

«Dovremmo stabilire qualche regola.»

«Su come comportarci con i ragni?»

«Dimmi la verità, c'è qualcuno che si diverte alle tue battute. Magari mio fratello è il nuovo Groucho Marx e io non l'ho mai capito.»

«Che regola?»

«Su quello che vogliamo scrivere in questo libro. Io direi: man mano che tiriamo fuori le idee, tipo gli odori, fissiamo qualche punto in particolare, un ricordo preciso, una cosa che valga la pena di raccontare.»

«Va bene.»

«E ne facciamo delle schede, dei piccoli capitoli che contengano quel ricordo. Dei microracconti, insomma.»

«Va bene, però senza diventare ossessivi. E per quanto riguarda qui dentro vediamo di procedere in modo rapido e indolore. Diamoci un ordine, rispettiamolo e poi filiamocela prima che faccia buio.»

«Questo per non diventare ossessivi.»

Sto per replicare con un'ennesima battuta, ma poi decido che è meglio lasciar perdere.

«Non ho nessuna voglia di accendere le candele, ammesso che ci siano.»

«Be', basta accendere il contatore e c'è quella meravigliosa invenzione che si chiama energia elettrica.»

«Quella meravigliosa invenzione l'hanno staccata quando abbiamo disdetto il contratto.»

«Ah, già. Ottimo.»

«Allora diamoci da fare.»

«Io comincerei dalla camera nostra, dall'armadio celeste.»

«Va bene, prendiamo solo l'indispensabile. Tutto il resto via.»

«Tutto il resto via.»

«Bene.»

I traslochi non insegnano mai niente.

Uno che decide di tagliare i rami secchi e liberarsi degli oggetti, delle cose, delle case, non deve, per nessuna ragione, aprire l'armadio celeste.

Mai.

Francesco

L'anta è appena sconnessa, fa il rumore preciso delle porte dei film.

È un armadio degli anni Venti, con piccole volute a incorniciare la facciata e stampe di auto d'epoca appiccicate sulla superficie celeste pallido.

Si vedono i segni del pennello, piccole gocce di vernice immobilizzate negli anni.

Era l'armadio di nonna Italia, poi è diventato l'armadio della nostra camera, in città, e infine l'armadio della casa di campagna. È molto grande, da bambini ci nascondevamo all'interno per spaventare i nonni, o quando si giocava a rimpiattino.

Potrei entrarci persino adesso, lì dentro.

Ci troviamo di tutto, ovviamente. Pullover infeltriti, giacche a vento bicolori, cuscini ricamati a maglia, buste piene di riviste, il proiettore super 8 con una scatola piena di vecchi filmini, le racchette da tennis Maxima Torneo in legno col nastro adesivo sull'impugnatura, le maglie bianche e rosse della squadra del Borgo dei Pini. E ancora il mio skateboard, un accappatoio azzurro, il diploma del concorso di pittura *La petruzza d'oro*, il Subbuteo, la divisa dell'aeronautica di Gianrico, un kimono da karate, un thermos arancione, un Topo Gigio di plastica e una scatola di latta piena di soldatini.

Mio fratello mi guarda e resta fermo, per qualche istante.

«Lo sapevo.»

«Cosa?»

«Non dovevamo aprirlo.»

«Perché?»

«Vuoi portarti a casa questi soldatini?»

«... no.»

«Sei pronto a buttarli in un cassonetto allora?»

Non dico niente. È in quel momento che vedo la busta. In fondo all'armadio, era nascosta da un vecchio plaid. Grande quanto un album, opaca, lavata da decenni di abbandono, con una grande x scolorita.

Mi arriva dritta in fronte, un boomerang lanciato da un'altra vita.

Gianrico la prende con cautela, come una cosa delicata, e la posa sul materasso.

Si chiamavano *buste di fumetti di resa*.
Servivano a rimettere sul mercato i giornalini rimasti invenduti.

Gli albi inseriti nelle buste sorpresa venivano contrassegnati per evitare che qualcuno li rivendesse a prezzo pieno, colorati sui bordi di rosso o azzurro, oppure marchiati con delle sigle. Ciascuna busta poteva contenere due o tre albi, e ogni volta che ne acquistavi una speravi di trovare proprio quel numero che era sparito dal mercato e che mancava per completare la tua collezione.

«Te la ricordi?»

«Certo che me la ricordo.»

I fratelli Fanelli, Pasquale e Antonio, vivevano al quinto piano del palazzo di fronte al nostro. Ci vedevamo quasi ogni pomeriggio. Giocavamo a Subbuteo, a poker, e anche a pallone nel corridoio di casa loro con una palla di carta pressata e nastro adesivo. Mandavamo in pezzi un soprammobile a settimana, lo facevamo sparire nella spazzatura e i genitori di Pasquale e Antonio non si accorgevano mai di nulla.

La signora Fanelli si chiamava Gilda, era molto simpatica. A una certa ora preparava la merenda per tutti, panini al latte col Ciao Crem o con la marmellata di cotogne e, quando andavamo via, spesso ci regalava gianduiotti, cremini o caramelle Charms. Suo marito era un rappresentante di dolciumi. Il signor Fanelli aveva esattamente l'aspetto che avrebbe dovuto avere un rappresentante di dolciumi. Paffuto, con i baffi folti e rossi, l'aria placida e rassicurante.

Un pomeriggio la signora Fanelli telefonò a mamma per invitare me e Gianrico a cena. Stava cucinando una cosa speciale. Mamma disse di sì, bastava che tornassimo a casa non oltre le undici.

«Fu una serata indimenticabile.»
«Decisamente sì.»

Gianrico

Alle otto in punto la signora ci chiamò per andare a tavola.

Eravamo tutti eccitati per quella serata diversa dal solito. Al centro della tavola una grande zuppiera di porcellana bianca diffondeva un profumo allettante.

Ci sedemmo, la signora sollevò il coperchio e cominciò a fare le porzioni. Erano tagliolini con una salsa di pomodoro, peperoni e vongole dai gusci arrotolati. Diverse dalle vongole che avevamo assaggiato fino ad allora, ma davvero squisite.

"Ti piacciono, Gianrico?" mi chiese la signora Fanelli.

"Davvero deliziose" risposi con la bocca piena di tagliolini, salsa e frutti di mare carnosi.

"E a te piacciono, France'?" chiese il signor Fanelli a mio fratello, seguendo la sua abitudine di non completare mai il nome dell'interlocutore.

"Buonissime. Non le avevo mai assaggiate queste vongole, sì, insomma, questa specie di vongole…"

I Fanelli – madre, padre e figli – scoppiarono tutti insieme in una risata. Non mi era chiaro il motivo, ma pensai che fosse buona educazione adeguarsi e anch'io, con qualche esitazione, presi a ridere. Francesco accennò solo un sorriso incerto. È sempre stato più circospetto di me.

"Non sono vongole, caro…"

"Sì, non so esattamente come si chiamano, volevo dire…"

"Lumache. Si chiamano lumache."

"Lumache di mare… ah, ecco, ne ho sentito parlare."

"No, non sono frutti di mare, sono lumache e basta. Frutti di… terra, potremmo dire" aggiunse il signor Fanelli. E poi, convinto di avere azzeccato una battuta eccellente, scoppiò in un'altra risata prima di tornare a ingozzarsi di tagliolini, pomodoro, peperoni e lumache. Di terra.

«Mi venne la nausea» dice mio fratello, con un'espressione simile a quella sera, al momento della rivelazione.

«Vabbe', esagerato.»

«Esagerato? Quelle erano lumache, lu-ma-che, quelle che escono dalla conchiglia e lasciano la scia di bava.»

«Erano buonissime. In Francia sono un piatto prelibato.»

«Chissenefrega della Francia. E forse erano anche buone, anzi, ti voglio dire: erano di sicuro buonissime. Il problema è che a me vennero in mente una serie di immagini...»

«Tipo?»

«Tipo quelle creature che escono dai muretti a secco dopo la pioggia e una graziosa testolina ti guarda con gli occhi piccoli e vispi in cima ai tentacoli.»

«Non credo che si chiamino tentacoli.»

«Si chiamano tentacoli. E poi Pinocchio.»

«Che c'entra Pinocchio?»

«Cioè, non so se ti rendi conto, noi ci stavamo mangiando la cameriera della Fata Turchina.»

Francesco è sempre stato incline a drammatizzare. Restiamo in silenzio per qualche minuto. Adesso stiamo pensando tutti e due alla stessa cosa, e lo sappiamo. I pensieri, a volte, seguono percorsi prevedibili.

«Non mi hai mai raccontato per bene come andò quella faccenda della scommessa» dice Francesco.

Qualche settimana dopo la cena delle lumache la nostra amicizia con i Fanelli si incrinò irrimediabilmente.

Per me e Pasquale quello era il primo anno delle superiori. Non frequentavamo più la stessa scuola, lui aveva scelto il liceo scientifico e io il classico. Quel giorno c'era stato uno sciopero e ci eravamo incontrati con alcuni amici ai giardini di piazza Umberto.

Pasquale era insieme ad alcuni suoi compagni di classe, c'erano anche due ragazze, una era molto bella. Io ero con Petruzzelli, un tipo con cui andavo in palestra, e Virginia Giusti, all'epoca bruttina e innamorata di me. Parecchi anni dopo sarebbe diventata piuttosto carina – capita, a volte. Ma a quel punto era del tutto disinteressata a me. Ho sempre avuto fortuna con le donne.

Restammo seduti su una panchina, tutti fumavano, una sigaretta dopo l'altra, tranne me. E passammo il tempo così. Senza fare nulla.

Fino a che dal giardino passò *Picciafuèc*.

«Chi, quel tipo anziano, che improvvisamente dava di matto?» chiede Francesco.

«Vacci piano con le parole. Anziano... avrà avuto una cinquantina d'anni.»

«A parte che secondo me ne aveva di più, allora uno di cinquant'anni *era* anziano. Mamma e papà avevano poco più di quarant'anni. Comunque, anziano o no, era pazzo, questo è sicuro.»

«Non si è mai capito bene, se fingesse o facesse sul serio. Lo sai che veniva ogni giorno in treno da un paesino della provincia? Viaggiava vestito normale, come uno qualsiasi.»

«Che vuol dire?»

«Poco prima di arrivare a Bari si infilava nel bagno, si toglieva gli occhiali, si cambiava e conservava gli abiti, diciamo borghesi, nello zaino. Era una specie di supereroe freak. Portava sempre una salopette sudicia, con una bretella sganciata, che gli lasciava in mostra le mutande. Anzi, spesso le mutande non ce le aveva neanche. Al giardino lo prendevano in giro, e lui si incazzava e cominciava a urlare. Faceva parte del gioco, sempre lo stesso identico spettacolo. Poi prendeva una tanica di benzina e minacciava di darsi fuoco.»

«Ma era tutta una finta.»

Certo che era una finta. Nella tanica non c'era benzina, ma tutti fingevamo di credergli. Lui faceva la sua performance, poi qualcuno gli portava una birra e lui si calmava. Passava le giornate così. La sera riprendeva lo stesso treno, si dava una lavata in bagno e si cambiava. Non chiedetemi chi me lo aveva detto, era una di quelle cose che sapevamo e basta.

«Insomma, quella volta *Picciafuèc* passò davanti alla nostra panchina e aveva il culo di fuori, come al solito. Allora Pasquale mi disse: "Scommettiamo che mi faccio tutto il giro del giardino con le mutande abbassate, come lui?".»

«E tu?»

«Io risposi che era una scommessa del cazzo. E che comunque non avrebbe avuto il coraggio. Mi giocavo la collezione dell'Uomo Ragno, contro la sua di Alan Ford. Fu tanto per dire una cazzata.»

«E lui invece accettò.»

«E lui invece accettò. Quando ci penso, mi sembra impossibile. Pasquale buttò giù una Peroni, sparò un rutto e poi si tolse i jeans. Ridevano tutti come pazzi. Io pensai che, una volta vinta la scommessa, lo avrei fatto morire di paura, dicendogli che andavo a prendermi gli Alan Ford. Alla fine però glieli avrei lasciati e mi sarei fatto dare solo il numero cinque dell'Uomo Ragno...»

«... *Il Dottor Destino.*»

«Esatto. Mi mancava, lo cercavo da un sacco di tempo e lui lo aveva. Insomma si calò le mutande fino al ginocchio, e partì.»

«Tutto di fuori?»

«Già. Non ci posso ancora credere. Abbiamo

fatto tutti insieme il giro della piazza: gente che rideva, cani che abbaiavano, ma neanche un accidenti di vigile che lo fermasse. Quando finimmo e si tirò su i pantaloni, con quella faccia trionfante, capii che avevo fatto una cazzata.»

«Ma quel giorno non mi raccontasti niente.»

«Non ne avevo il coraggio, mi sentivo un coglione, e mi sentivo in colpa, anche se la collezione dell'Uomo Ragno era mia. Però era anche tua.»

«Mi ricordo cosa dicesti quella sera, quando tornai a casa con quella busta» fa un gesto con la mano verso il letto, «e vidi gli scaffali vuoti.»

«Cosa?»

«*Ho perso una scommessa*. E basta. A me venne da piangere. E su quella busta ci disegnai una x, col pennarello nero.»

«Mi dispiace, ancora adesso.»

«Io ero convinto che ci fosse proprio il numero cinque, *Il Dottor Destino*, lì dentro.»

«Perché non me l'hai detto?»

«E che importanza aveva, a quel punto?»

«Nessuna, in effetti. Chissà come è arrivata qua, questa busta.»

Francesco

Dopo aver sistemato tutto quanto sui letti, mettiamo alcune cose da parte, un paio di borse con pochi oggetti. Sono spuntati fuori anche il manuale delle Giovani Marmotte e quello di Nonna Papera, e la serie completa dei romanzi su Tarzan delle Scimmie di Edgar Rice Burroughs. Ho ritrovato anche un mio vecchio blocchetto con i disegni degli alberi, accanto a ogni disegno il nome e il giorno. Quattro luglio 1976, Pino d'Aleppo. Non me lo ricordo neanche il Pino d'Aleppo, e il quattro luglio è il mio compleanno. Chissà cosa è successo quel giorno.

All'ora di pranzo decidiamo di staccare e mangiare un boccone. Nel bosco c'è una trattoria dove un tempo andavamo spesso, soprattutto la sera. Allora il Borgo era popolato da tanti ragazzi, e le estati erano piene di cose, dalla mattina alla sera. Giocavamo a pallone, partivamo per escursioni con piccone e borraccia, ci ficcavamo dentro case disabitate, facevamo sedute spiritiche, e ci innamoravamo. In genere non corrisposti.

Il bosco è rimasto tale e quale. Ci venivamo anche d'inverno, qualche fine settimana. Faceva freddo, ma l'aria era netta, ti entrava nei polmoni come un fluido purificatore. Sembra davvero un'altra vita, vista da qui. Lo era.

La strada è silenziosa, Gianrico è davanti a me, sento il suono ritmico delle suole sul selciato. Intorno, la macchia fitta del bosco. L'odore della resina, i germogli tardivi del mirto, le erbe selvatiche. I ricordi affiorano come le monetine dalla sabbia al mattino.

Ogni anno, prima di trasferirci in campagna seguivamo un rituale preciso.

Fase numero uno: il training psicologico.

Mamma armeggiava nervosa tra borse, valigie e bagagli, dicendo a papà che sarebbe stato meglio andarsene una settimana in un posto qualsiasi, serviti e riveriti, piuttosto che comprarsi un'altra casa e trascorrere l'estate a lavare piatti, pavimenti e lenzuola, per giunta senza donna di servizio, lavatrice e lavastoviglie. Questo passaggio di moderato travaglio durava gli ultimi giorni che precedevano la partenza, ma le impennate d'umore di mamma potevano raggiungere apici imprevedibili. Papà schivava e restava in silenzio.

Fase numero due: il viaggio.

Ora uno dice, possiamo chiamarlo viaggio un percorso in automobile che al massimo in un'ora ti portava a destinazione? La risposta è sì.

La prima operazione era caricare i bagagli. La Innocenti 14 riusciva a contenere tre valigie, due borsoni, una pianta di basilico, un televisore 15 pollici in bianco e nero con antenna retrattile, una madre, un padre, due figli, la cartella con i libri, la cassetta con i colori, un cane di taglia media e per alcuni anni anche nonna Italia con il suo cappello.

In auto accadevano le cose seguenti: papà guidava, nonna gli sedeva accanto e di tanto in tanto intonava una romanza, mamma era dietro con noi e leggeva. Randi, il cane, quando la strada cominciava a curvare infilandosi nelle campagne di ulivi, vomitava. A quel punto l'uomo alla guida in genere urlava una cosa non ripetibile sugli antenati della bestia e dovevamo fermarci qualche minuto per ripulire e fargli prendere aria. Al cane, non all'uo-

mo. Poi si ripartiva. Nei chilometri restanti nonna
e papà, che nel frattempo si era calmato, cantavano
insieme una canzone di Modugno e, dopo una so-
sta in paese per le provviste di pane di Altamura e
latticini, giungevamo al rettilineo che saliva verso la
foresta di Mercadante.

Fase numero tre: l'ingresso.

Nell'estate del '73 la villa si trovava, solitaria,
al termine di una strada privata. Lasciavamo l'auto davanti al cancello, Randi era libero di correre
nei campi e segnare il territorio. Una volta aperto
il lucchetto cominciavamo a scaricare. In casa c'era
odore di legna e Ducotone, di cose essenziali, non
filtrate. Spalancavamo le finestre, sistemavamo le
valigie, aprivamo i cassetti, mamma li rivestiva di
carta colorata, metteva in ordine camicie, magliet-
te, mutande, e alla fine si andava a tavola.

Fase numero quattro: il pranzo del primo giorno
di vacanza.

In genere lo preparava papà, alternando, di anno
in anno, due piatti tipici di quella stagione: gli spaghetti alla San Giuannid – con olive, acciughe, capperi, pomodorini e peperoncino fresco – e la *ciallèd*.
La cialledda aveva una base sempre uguale: friselle

d'orzo inumidite e fatte a pezzi, sale, olio, origano, basilico, pomodori, cetrioli e cipolla rossa di Acquaviva, affettata molto sottile. Questo piatto – che si mangia freddo e assomiglia alla panzanella fiorentina – aveva molte variazioni sul tema, con l'aggiunta di formaggi freschi, tonno, pollo, acciughe e peperoni crudi. Naturalmente non tutti insieme.

Dopo pranzo andavo nella nostra stanza, mentre Gianrico era già in giro a cercare gli amici. Mi stendevo sul letto, chiudevo gli occhi e ascoltavo. Quella era la cosa più emozionante. I suoni del bosco annunciavano i misteri dell'estate.

Mentre camminiamo, alla ricerca della trattoria, mi chiedo se non abbiamo sbagliato strada. Mi sembrava più vicina.

«Abbiamo sbagliato, mi sa.»

«Cosa?»

«Questa strada era più larga. Al bivio della Forestale dovevamo girare dall'altra parte.»

«Ma che dici?»

«Giuro, la strada era diversa, era più larga.»

«Eri tu a essere più piccolo. E poi le radici degli alberi si sono mangiate un metro di asfalto.»

Quando arriviamo al ristorante, il ristorante non c'è più.

Proprio non esiste, sparito nel nulla, c'è una spianata di cemento con un cordolo di pietre a secco. Sembra la pista di una balera. Poco distante, in mezzo ai pini, un baracchino dove vendono gelati.

Ci avviciniamo e Gianrico chiede se si può mangiare qualcosa. Il tipo lo guarda, lui vende solo gelati e bibite, ma camminando per un altro paio di chilometri c'è una masseria, un agriturismo. Bisogna fare attenzione ai cartelli però, non è sulla strada principale. Ringraziamo e ci rimettiamo in marcia.

«Due chilometri, ha detto?»

«Due chilometri.»

«Che palle.»

«Cammina, che ti fa bene.»

«Arriveremo troppo tardi, dovevamo prendere la macchina.»

Man mano che ci addentriamo nella foresta la strada si fa ancora più stretta. Diventa poco più che un sentiero. C'è un profumo intenso di pigne, di resina, e la luce è filtrata dalla macchia degli alberi, in un caleidoscopio di foglie e scintille.

«Te la ricordi la villa del generale?»

«Certo.»

«Non dovrebbe essere lontana da qui.»

«Ammesso che ci sia ancora.»

«Be', non avranno di certo abbattuto anche quella.»

«Non ne sarei così sicuro. Non ci viveva nessuno, anche allora.»

«Ma ti ricordi di quella volta...»

«Certo.»

Quella volta, nel bosco di notte eravamo in quattro. Oltre a noi due c'erano Donato e Gaetano. Era la sera della festa in piscina, quella dei gemelli Marinoni. Avevano invitato tutti i ragazzi e le ragazze del Borgo. Per il compleanno avevano avuto dai genitori un motorino per ciascuno: un Ciao rosso per Emilio, un Ciao bianco per Eliana.

La festa sarebbe stata memorabile, non si parlava d'altro da giorni.

Noi però eravamo rimasti al palo. Il pomeriggio prima, giocando a pallone, Gianrico ed Emilio avevano litigato, Emilio le aveva prese ed era corso a raccontare tutto ai suoi. La mattina dopo si presentò a casa nostra il commendator Marinoni – per fortuna mamma e papà non c'erano –, disse a Gianrico che era un delinquente e a tutti e due di non provare nemmeno a farci vedere alla festa.

Chi se ne frega, mi dissi, finisce che a queste feste non ti diverti mai.

Quando attraversammo la strada, vidi in lontananza le luci e i palloncini gonfi di elio che decollavano dagli alberi. Wess e Dori Ghezzi cantavano *Tu nella mia vita*. Si sentivano gli schiamazzi e gli spruzzi dei tuffi. Quando partirono le note di *Crocodile Rock*, ci avviammo verso il bosco.

Avevamo portato le torce, un coltellino milleusi, i panini e una borraccia. Non c'era luna, e i cipressi chiudevano ogni spiraglio al cielo stellato. La strada stretta che si infilava nella foresta era piena di buche.

Donato e Gaetano erano fratelli, anche se non si somigliavano affatto, a parte le lenti spesse da miope che entrambi portavano. Donato era alto e magro. Gaetano era basso, paffuto e con le lentiggini. Avevano tutti e due una paura bestiale del buio e una scarsa dimestichezza con lo shampoo. Quello era il primo anno che venivano in vacanza a Mercadante, non conoscevano nessuno e quindi alla festa non erano stati invitati.

A pensarci bene non avevamo nulla in comune con quei due, ma essere gli esclusi, gli unici esclusi dalla festa memorabile del Borgo, in quel momento ci rendeva compagni.

Dopo aver percorso circa settecento metri lungo la strada principale, Gianrico propose di tagliare per la boscaglia. Avremmo attraversato un piccolo sentiero per poi risalire la sterrata dove la vegetazione era più fitta. Era la via meno comoda, ma più rapida e avventurosa, per arrivare alla casa del generale.

Gaetano si fermò, disse che non era d'accordo, non c'era motivo per infilarsi in mezzo alla foresta, non avevamo nessuna fretta. Donato era della stessa opinione.

"Senza dire che c'è il rischio che incontriamo i cani…"

"Quali cani?"

"I cani del generale."

"Ma i cani del generale sono nel recinto, a quest'ora dormono."

"E chi te lo dice a te? Io so che la notte quello li libera."

"Ma chi? Il generale libera i mastini napoletani?"

"Sì, li lascia liberi e quelli se ne vanno in giro per il bosco. Mi hanno detto che l'anno scorso hanno pure ammazzato dodici galline."

Il generale era una figura mitologica. Nessuno conosceva la sua vera identità, in realtà nessuno sapeva se davvero esistesse. E comunque noi non lo avevamo mai visto.

Io lo immaginavo grande, grosso, con i capelli cortissimi, i baffi sottili e gli occhi di ghiaccio. In giro si diceva qualsiasi cosa di lui. La passione per gli animali feroci, i busti impagliati nella casa in cima alla collina e la collezione di armi provenienti da tutto il mondo. Non era sposato, non aveva figli, e aveva chiamato i suoi due molossi Balam e Lilith. Balam era il mastino nero, Lilith sua sorella, manto marrone e occhi gialli.

Loro sì, li avevamo visti, portati al guinzaglio da due guardie forestali. Portati al guinzaglio è un'espressione imprecisa. Le due belve trascinavano i sottoufficiali alla ricerca di alberi e cespugli per espletare le funzioni corporali. Sbavavano e si scrollavano, spruzzando sputi a raffica tutto intorno. La storia delle dodici galline ammazzate era solo una delle tante leggende che circolavano.

Gianrico si rivolse a Donato e Gaetano con un sorriso aperto e convincente. Non c'era nulla di cui avere paura.

"Ragazzi, ragioniamo, se i mastini fossero così feroci come dite, secondo voi il generale li lascerebbe liberi di scorrazzare la notte?"

Seguì un silenzio. Prolungato.

Gaetano e Donato decisero di seguire la strada principale, noi ci incamminammo nella boscaglia, dandoci appuntamento entro una mezz'ora davanti ai cancelli della villa.

Quando salimmo per la sterrata, facendoci largo tra i cespugli con il bastone, mi sentivo parecchio Tremal-Naik. Dopo un tempo indefinito in cui mi beccai un congruo numero di frustate di arbusti, arrivammo allo slargo sul quale si stagliava, lugubre, la sagoma della casa del generale. Ci avvicinammo.

Era una villa con i tetti irregolari, le finestre correvano lungo tutto il perimetro e la casa era circondata da una specie di patio. In fondo al viale c'era il recinto dove dormivano i cani. La casa era buia, nessun segno di vita. Non c'erano auto parcheggiate, moto o biciclette. Il generale viveva in città e quella casa non era, di fatto, mai abitata.

Scavalcammo il muretto basso che correva intorno al giardino. Silenzio assoluto.

Di Gaetano e Donato nessuna traccia.

"Quei due cacasotto. Lo sapevo che se la filavano."

"Cacasotto!"

"Avanti, entriamo."

"Entriamo?"

Cominciai a nutrire qualche lievissimo dubbio sull'opportunità di portare a termine l'impresa, in fondo avremmo potuto raccontare in giro quello che volevamo, nessuno avrebbe mai scoperto la verità. Ma Gianrico insistette, sarebbe stato un gioco da ragazzi. E io mi lasciai convincere.

Entrammo nella casa del generale attraverso la finestra della cucina, che era solo accostata. Ci facemmo strada con la torcia.

Era una casa polverosa, piena di mobili, c'era puzza di muschio, di cose conservate e lasciate marcire. Nel salotto accanto al camino due poltroncine con l'imbottitura che esplodeva dal tessuto e un tavolino con soprammobili strani. Sembravano quelle statuette votive di certi Paesi africani. Quando Gianrico fece scorrere la luce sulle pareti, trattenemmo un urlo a fatica. C'erano, uno accanto all'altro, quattro busti impagliati di animali feroci. Un cinghiale, una lince, una tigre, forse una iena. Gli occhi vitrei guardavano il nulla.

A me sembrò che l'esplorazione potesse ritenersi conclusa.

"Vabbe', dài, andiamo adesso, dài."

"Ok, diamo ancora un'altra occhiata e ce ne andiamo."

"Potrebbe arrivare qualcuno…"

"Non arriva nessuno, tranquillo. Chi vuoi che venga a quest'ora?"

"E i cani?"

"Staranno dormendo. Chiusi nel loro bel recinto. Fidati. Domani avremo una storia fantastica da raccontare."

Non lo so se mi fidavo. Mentre il faro scorreva sulle pareti del salotto comparivano maschere tribali, lance, spade, coltelli, il bastone di uno sciamano, e sul ripiano sopra il camino grandi rapaci impagliati, un'aquila, un paio di falchi, un avvoltoio e un barbagianni. Facevano paura, con gli occhi di vetro che ti fissavano nel buio. Il più impressionante era proprio il barbagianni, una maschera bianca da carnevale macabro. Aveva la testa appena inclinata su un lato e tra le zampe, raffinatezza estrema dell'impagliatore, un piccolo roditore intrappolato negli artigli.

"Mamma mia, che schifo."

"Hai visto che è stata un'idea geniale venire qui? È uno spettacolo."

Uno spettacolo, davvero. Quel barbagianni, colto esattamente nel gesto crudele della caccia. E il topino di campagna sotto di lui che sembrava ancora dimenarsi un po', perfino un piccolo rivolo di sangue che scorreva sul bordo del camino. Sembrava vivo.

In realtà.

Era.

Vivo.

Improvvisamente il rapace aprì le ali e spiccò il volo.

"Aaahhh!"

Successe di tutto, la torcia volò dalle mani di Gianrico, e ci mettemmo a correre per la casa al buio, inciampando sui tappeti e facendo volare i soprammobili.

La bestia, rimasta chissà come imprigionata in casa, volteggiava da una parete all'altra con quel rumore del battito d'ali nel buio che non avrei dimenticato mai più, e poi tutto il resto sembrò prendere vita. I cinghiali, le iene, le statuette malefiche che ci rincorrevano. Eravamo nella fottutissima casa dei morti viventi.

Dopo un tempo interminabile, di terrore puro, ritrovammo la torcia e la strada per la cucina e ci chiudemmo la porta alle spalle. Presi un respiro e mi avvicinai alla finestra, pronto a saltare giù, libero dall'incubo.

Mi affacciai. Poi mi girai e guardai Gianrico. Si affacciò anche lui.

Sotto c'erano quei due, fermi ad attenderci.

Ma non erano Gaetano e Donato.

Erano Balam e Lilith, gli angeli dell'inferno.

Andò a finire che restammo barricati in cucina per almeno due ore, con le belve che saltavano fino al bordo del davanzale schizzando bava. Nell'altra stanza il barbagianni cercava disperatamente una via d'uscita.

All'una e trenta del mattino sentimmo delle voci. Tre guardie forestali, avvertite da Donato e Gaetano, ricondussero i diavoli nel recinto e vennero a liberarci. Con loro c'era anche papà.

«Papà si incazzò sul serio quella volta, non ci fece uscire per una settimana.»

«A me le diede di santa ragione.»

«Anche a me.»

«A te no, perché eri più piccolo.»

«Io mi ricordo di averle prese, invece. Sempre con questa storia che tu le prendevi e io no.»

«È la verità.»

«Ma avrai avuto qualche sculacciata, come me del resto.»

«Tu non le hai mai prese.»

«Sì, va bene, non le ho mai prese.»

«Comunque patteggiarono.»

«Cioè?»

«Con la Forestale. La cosa fu messa a tacere, noi eravamo in torto marcio e avevamo fatto anche dei danni. Ma loro avevano lasciato i cani liberi. Con quel muretto basso della villa, potevano andare ovunque. Se fosse saltata fuori la notizia, avrebbero passato un guaio. Papà fu bravo a trattare, se la cavò bene.»

«Che ore sono?»

«Saranno quasi le due.»

«Non hai l'orologio?»

«No, non lo porto da anni. Tu?»

«L'ho lasciato a casa.»

«Guarda sul cellulare.»

«Le due meno cinque.»

«Ma il ristorante?»

«Dovrebbe essere quella masseria laggiù.»

Gianrico

È una vecchia masseria ristrutturata, da cui si vede un bel pezzo di Murgia. Quando arriviamo, non c'è nessuno in giro. Bussiamo e dopo un po' viene ad aprire un ragazzo che sembra un furetto, con i jeans al ginocchio e il mento unto.

Il ristorante è chiuso, dice, il lunedì è giorno di riposo. Francesco gli chiede se si può fare uno strappo, siamo affamati, abbiamo camminato chilometri per arrivare lì. Ci va bene anche pane e salame, aggiungo io con tono vagamente patetico. Lui ci guarda per qualche istante, poi ci dice di aspettare e scompare di nuovo all'interno.

Ci guardiamo attorno. Il posto è bello, ci sono i vecchi ovili, le stalle, un vasto spazio recintato con due cavalli scuri e poderosi.

Poco dopo il ragazzo ritorna e ci dice che qual-

cosa possono preparare, anche se la cucina è chiusa.
Con un tono brusco e gentile allo stesso tempo ci fa
entrare e ci indica un tavolo vicino a una grande ve-
trata che affaccia su un prato all'inglese, incongruo,
nel mezzo della Murgia. Al centro del prato un poz-
zo di pietra. Dietro, la macchia scura del bosco.

Mentre il ragazzo apparecchia, Francesco riprende il quaderno e annota qualcosa.

«È bello qui, vero?»

«Bello. Ci sono un sacco di odori buoni.»

«L'odore dei ristoranti di quando eravamo piccoli, te lo ricordi?»

Ci penso un po' su. Me lo ricordo, eppure non
me lo ricordo con precisione, come se in questa
memoria olfattiva ci fosse qualcosa che mi sfugge.

«C'erano i profumi dei sughi, della cipolla, dell'a-
glio, degli arrosti, mescolati a qualcos'altro, però.
Non riesco a identificarlo, questo qualcos'altro.»

«Era l'odore del freddo.»

«Che vuoi dire?»

«Quel sentore di umido, non sgradevole, che
si mescolava al profumo della brace e dei camini.
Nelle trattorie di paese non c'era quasi mai il riscal-
damento. Mangiavamo con i cappotti addosso.»

«Mangiavamo con i cappotti?»

«Che poi restavano impregnati per giorni dell'odore della brace. La gente che vive in campagna quell'odore se lo porta sempre appresso.»

In quel momento arriva la cuoca, che è anche la padrona del ristorante. Non corrisponde allo stereotipo della massaia pugliese: è alta, magra, con occhi penetranti. Non bella ma con qualcosa di attraente. Mi ci vuole un poco per riconoscerla visto che sono passati più di trent'anni.

«Buongiorno. Rocco vi ha detto già che la cucina sarebbe chiusa…» socchiude gli occhi, come per mettere a fuoco le nostre facce. «Ma noi ci conosciamo?»

«Tu sei Rita, vero?» le dice mio fratello.

«E voi siete i Carofiglio. Accidenti» risponde con una nota allegra di incredulità.

Di sicuro *più* di trent'anni, penso mentre Francesco conferma che effettivamente siamo i Carofiglio, cioè quelli della villa ai margini del bosco. Anche Rita veniva a villeggiare a Mercadante, due settimane ogni estate, dagli zii. Viveva a Padova che, allora, per noi ragazzi in vacanza a cinquanta chilometri da casa appariva un luogo esotico.

«Che ci fate qua?» chiede Rita sorridendo.

«Che fai *tu*, qua? Non vivevi a Padova?» chiedo io.

«Venivi in vacanza a casa dei tuoi zii, vero?» aggiunge Francesco.

Rita ci racconta. Ha fatto l'avvocato civilista per

anni nello studio del padre, odiando ogni giorno
quel lavoro e la vigliaccheria che non le aveva per-
messo di andare alla ricerca d'altro. Poi, durante
un viaggio in Puglia dove non veniva da tanto tempo, ha conosciuto Roberto, al quale erano successe
due cose non irrilevanti. Si era appena separato e
aveva ereditato quella masseria. Stava decidendo se
vendere e andarsene da qualche altra parte o provare a fare qualcosa con quella casa e quella terra.

«Insomma, in sei mesi è cambiato tutto. Ho lasciato lo studio, abbiamo ristrutturato la masseria,
abbiamo aperto un agriturismo. Siamo venuti a la-
vorare e vivere qua. Ah, quest'anno ci siamo anche
sposati.»

«E il ragazzo?» chiede ancora Francesco, che
sembra essersi appassionato alla storia di Rita.

«Figlio di Roberto, dalla prima moglie.»

«E quindi avete il ristorante...»

«Il ristorante e quattro stanze dove si può venire
in qualsiasi stagione, e produciamo tutto noi, il formaggio, le uova, il vino, l'olio.»

«Ho visto che avete anche i cavalli» dico lan-
ciando uno sguardo alle due bestie muscolose nel
recinto.

«Gianni e Pinotto, si chiamano. Sono murgesi,
ce li siamo cresciuti da quando erano due puledri.

Ci facciamo le passeggiate sulla Murgia. È bellissimo, soprattutto in questa stagione e in primavera.»

«Lo so, ci andavo anch'io a cavallo, tanti anni fa.»

«Ora non più?»

«No, da parecchio.»

«Perché?»

«Un po' per via del tempo. Non ne avevo, o pensavo di non averne. Un po' perché, quando dicevo che mi piaceva andare a cavallo, tutti mi chiedevano se fossi caduto. Io rispondevo di no, in effetti non sono mai caduto, e tutti mi spiegavano che non sei un cavaliere se non hai avuto il battesimo della caduta e cose del genere. Io non avevo voglia di farlo, quel battesimo, e insomma, non so, a quel punto ho smesso. Chissà se sarei ancora capace.»

«Mi piace questo posto, complimenti» dice mio fratello. Da come guarda Rita sembra che se ne sia innamorato, in questi cinque minuti di conversazione.

«Grazie. È una vita faticosa, ma ha un ritmo che mi mette pace.»

Poi ci chiede di noi e noi, rispondendo a turno come due personaggi dei cartoni animati, le raccontiamo lo stretto indispensabile delle nostre vite. Nessuno dei due si sente a suo agio a parlare di sé davanti all'altro.

«E allora, cosa vi preparo? Purtroppo oggi non c'è un granché, però un piatto di orecchiette con le rape, oppure col pomodoro, lo tiriamo fuori, che ne dite?»

«Ma cos'è questo profumo che viene dalla cucina?»

«La pasta al forno avanzata da ieri. La stiamo riscaldando per noi. Se non vi formalizzate...»

Non ci formalizziamo. Vogliamo quella, diciamo quasi in coro, in modo un po' ridicolo. Rita sorride, annuisce e si allontana.

«Te lo ricordi? Il lunedì a volte mangiavamo la pasta al forno di nonna, avanzata dal pranzo della domenica.»

Ci andavamo a pranzo quasi ogni domenica, dai nonni paterni. Abitavano in una casa con tanta luce e i soffitti alti. Era piena di cose interessanti: armadi da esplorare, scaffali carichi di libri misteriosi, cassapanche con i diavoli intagliati nel mogano, ripostigli inaccessibili. Soprattutto, oggetti proibiti di cui impadronirsi quando il nonno dormiva: il binocolo, il sestante, un coltello a serramanico dall'aria pericolosa, il cappello con la visiera, le spirali di carta che si muovevano al calore del termosifone, il barattolo di vetro con quelle caramelle di zucchero colorate che avevano tutte lo stesso sapore, di sapone.

E poi c'era la dispensa. Quasi nascosta, proprio in fondo al corridoio, dietro una madia, con una porta bianca sempre chiusa a chiave. Nella dispensa era tassativamente vietato entrare, o anche solo sbirciare. Dunque per noi era diventata una questione di principio, violare quel divieto.

Una domenica pomeriggio, mentre il nonno sonnecchiava e la nonna al suo fianco leggeva il «Radiocorriere TV», dissi a Francesco di seguirmi. Mi chiese perché e io bisbigliai che, spiando la nonna, avevo scoperto il nascondiglio della chiave della dispensa. Era dentro un vaso enorme di Amarena Fabbri, di quelli bianchi e blu, zeppo di cianfrusaglie: monetine fuori corso, vecchi ciondoli di ottone, penne senza inchiostro, graffette, viti e bulloni, un taglierino arrugginito. Era giunto il momento di aprire quella porta, conclusi con tono drammatico.

Così recuperammo la chiave, ci avvicinammo alla porta con circospezione e la aprimmo cercando di ridurre al minimo l'inevitabile cigolio. Una volta all'interno, quello che vedemmo ci lasciò senza fiato. Era una stanza a pianta quadrata con i muri così alti da perdersi nell'oscurità, o almeno così mi parve in quel momento di sovraeccitazione. Su ciascuna parete scaffali stracolmi di barattoli, scatole di latta, contenitori di paglia intrecciata, vasi di conserve. Ciliegie, gelsi, albicocche, e ancora pomodori sott'olio, melanzane, carciofini, peperoni, lamponi, lampascioni; e poi dolci di mandorla, agrumi canditi, frutta secca, caramelle, cioccolatini e decine di bottiglie di salsa.

Dopo qualche istante di smarrimento diventammo pratici e, devo dire, piuttosto efficaci.

Ci riempimmo le tasche, senza esagerare, di dolcetti, caramelle e cioccolatini. Scivolammo fuori, chiudemmo la porta attenti a non far rumore, riponemmo la chiave al suo posto e tornammo nella zona abitata della casa. Senza guardarci, consapevoli di avere un segreto e una risorsa in comune.

Non ne parlammo mai, neanche tra noi, come se temessimo che parlarne potesse rompere un incantesimo, ma per anni – insieme o ciascuno per conto proprio – attingemmo con discrezione ai tesori della camera segreta.

I nonni non se ne sono mai accorti, ma sono sicuro che non se la prenderanno.

Nonno Giovanni aveva girato il mondo al comando di navi mercantili, a settantotto anni aveva i capelli tutti neri, grandi orecchie, un grande naso e uno straordinario talento matematico. Nonna Maria era uguale alle nonne descritte nei libri di scuola elementare. Amorevole, paziente – con i nipoti, ma soprattutto con il marito – e cuoca sopraffina.

La cucina di nonna era fatta di sughi corposi, di bolliti, di pizze rustiche, di focacce e di panzerotti. Allora i panzerotti erano soltanto di tre tipi: con la mozzarella e il pomodoro, con la carne tritata e con le rape stufate. Oggi scienza e arte del panzerotto si sono evolute moltissimo. Sapendo dove andare è possibile assaggiarne ripieni di gongonzola e noci, mortadella e stracchino, funghi e camembert, tanto per dirne alcuni. E fra quelli dolci, a base di ricotta, all'aroma di limone, con la Nutella, con la cannella. Nonna Maria sarebbe inorridita. E comunque non erano i panzerotti la sua specialità.

Il suo piatto forte, e il nostro preferito, era la pasta al forno.

Il processo di preparazione era lungo e laborioso. La nonna si muoveva in cucina come un prestigiatore esperto, facendo apparire e sparire gli ingredienti con rapidità e maestria. Il segreto di quella ricetta irripetibile era tutto nell'alternarsi di cose lente e veloci.

La cosa lenta per eccellenza era la preparazione del sugo.

Da bambini lo chiamavamo *il sugo grosso*, una

piccola acrobazia semantica che raccontava insieme il colore intenso e la consistenza densa.

Il sugo grosso era il fuoco perenne sotto l'altare dei Lari.

La cottura cominciava il sabato pomeriggio e terminava la domenica mattina, dopo una notte di borbottii sommessi nel silenzio del tempio.

Guardare la grande pentola di terracotta che cuoceva nella penombra mi produceva un effetto ipnotico. Nella memoria l'immagine si sovrappone a quella dei grossi ceri, sempre accesi, che illuminavano la statua di San Nicola, custodita in una campana di vetro nella camera da letto dei nonni. Accanto alla statua le bottiglie di alabastro con la Manna del Santo, accanto alla pentola le bottiglie d'olio e i contenitori per il sale e le spezie.

Per fare la pasta al forno ci volevano i rigatoni. Restavano nel forno il tempo necessario perché si formasse una crosta bruciacchiata, ma bisognava fare attenzione che non si seccassero all'interno. Ci volevano occhio, naso e velocità. La nonna in quegli istanti diventava intrattabile, nessuno poteva avvicinarla. Persino il Comandante rientrava nei ranghi. Rimaneva, in rispettoso silenzio, sulla poltrona del soggiorno, a completare l'ennesimo cruciverba.

Poi arrivava il momento. Eravamo seduti intorno

alla tavola bianca, la nonna irrompeva nella sala da pranzo con una certa teatralità, le mani infilate nei guanti di panno e tra le mani la teglia. La posava su un sottopiatto di ceramica e la lasciava riposare.

Era vietato toccare, tantomeno provare a sottrarre un rigatone dalla crosta bruciacchiata e deliziosa.

Forse dipendeva dal fatto di essere passati attraverso una guerra, ma certo è che le porzioni erano sempre abbondanti. Di quella pasta al forno ne avanzava ogni volta e, al momento di andar via, nonna ce la consegnava in un fagotto avvolto in un panno infiocchettato. Così anche la domenica sera, o il lunedì a pranzo, mangiavamo pasta al forno. Ed era la più buona, doppiamente bruciacchiata.

Francesco

Ce ne andiamo dalla masseria carichi di roba: olio, pane, marmellate, pecorino, vino primitivo, focaccia, capocollo, capperi sotto sale. La pasta al forno era buona, non ai livelli di quella della nonna, ma buona. Sulla porta, Rita ci invita a ritornare.

«Torneremo di sicuro» dice Gianrico.

Tutti e due sappiamo che non sarà così. Rita ci regala anche una busta di olive, verdi e viola.

«Sono dell'ultimo raccolto. Noi le chiamiamo olive *amele*. Olive di miele, perché sono dolci. Potete metterle in acqua oppure farle fritte, in padella, con un po' di sale. Io le mangio anche crude, così.»

La strada del ritorno sembra più breve, tutta in discesa. Mentre camminiamo, in silenzio, una malinconia lieve, il senso preciso del distacco: la stessa sensazione nitida e struggente di tanti anni prima, alla fine di ogni vacanza.

Arriviamo a casa che il sole sta sparendo dietro la collina. Si è alzato un vento pungente, imprevisto. Il tempo sta cambiando. In campagna il freddo ti riga le guance. Mi ricordo di quelle domeniche d'inverno quando i termosifoni non funzionavano e noi due raccoglievamo i rami secchi per il camino.

Ecco, questa è un'immagine netta, precisa. Noi che prepariamo le fascine e le portiamo a papà, lui che sistema nel camino i ceppi e i fogli di giornale. E poi la fiamma che si solleva improvvisa, il crepitio e il profumo delle pigne e delle bucce d'arancia.

«Cos'ha questo interruttore? Perché la luce non si accende?»

«Il quadro elettrico è staccato. Abbiamo disdetto il contratto una settimana fa. Gianrico, me l'hai detto tu stamattina, sei rimbambito?»

«Ah, giusto, è vero. Quindi siamo fottuti, accidenti.»

«Be', non è detto. Hai un accendino, dei fiammiferi?»

«Risolviamo con delle fiaccole?»

«Dovrebbero esserci delle candele.»

«Sei sicuro?»

«Cerchiamole.»

Le candele ci sono davvero. Le trovo in un cassetto della cucina. Una scatola intera. Ne sistemiamo un paio su una mensola.

«Guarda qui.»

«Cos'è?»

Dal cassetto della cucina sono spuntati alcuni ritagli di giornale. Insieme ad altre carte, vecchie liste della spesa e un quaderno a quadretti pieno di appunti. La grafia di mamma è inconfondibile, quasi indecifrabile. Sembra un quaderno di ricette, lei che ha sempre detto di detestare la cucina e di saper preparare solo lo stretto indispensabile per la sopravvivenza.

In realtà è sempre stato un vezzo.

Mamma sa cucinare. Solo che non bisogna dirlo in giro.

Prepara per esempio una pizza di patate squisita, il sartù di riso con la mozzarella filante, le scaloppine al marsala, l'*omelette baveuse* con prosciutto e formaggio, la tiella di patate e carciofi, la caponata alla siciliana, i finocchi gratinati con alici, pinoli e uva passa. Lo sa fare.

Gianrico posa sul tavolo i ritagli di giornale. Le foto sbiadite, i caratteri tipografici piccoli, fitti e antichi.

«Era il 29 agosto del 1973.»

«Cosa?»

«Il giorno in cui scoppiò il colera a Napoli. Guarda, è una pagina della "Gazzetta". Qualche giorno dopo arrivò pure in Puglia.»

«Me lo ricordo benissimo.»

«E noi eravamo qui.»

Sembra una cronaca ottocentesca: i resoconti dei giornali, le fotografie, e le immagini dei notiziari. L'epidemia si diffuse in modo rapido. Erano i primi giorni di settembre e ci stavamo preparando a fare ritorno in città.

Papà rientrò dal paese con una faccia strana, aveva «La Gazzetta del Mezzogiorno» sotto il braccio e delle buste piene di detersivi, disinfettanti, scatolette e cibi conservati. Non era la solita spesa.

«Ti ricordi quando lo aiutammo a scaricare l'auto? C'era qualsiasi cosa.»

«Sembravano le provviste per un bunker, prima della Guerra dei mondi.»

«C'era anche il latte condensato.»

«Il latte condensato era buonissimo! Me lo sparavo in bocca ogni giorno, di nascosto. Una droga.»

Mamma era preoccupata, ma sorrideva, non voleva allarmarci. Tutto sembrava galleggiare, c'era un'aria strana, tesa, ma anche di eccitazione per quello che poteva accadere.

Papà disse che saremmo rimasti in campagna fino alla fine di ottobre. Era più sicuro, per evitare i rischi del contagio. Anche perché l'apertura delle scuole era stata rinviata, fino a nuovo ordine.

È stato l'unico anno in cui mi sono svegliato, giorno dopo giorno, guardando la vite americana di fronte alla mia stanza che cambiava colore. Era bello. Fare lunghe passeggiate nel bosco con l'aria frizzante che si infilava nei pantaloni. Le giornate diventavano più brevi, con quella luce obliqua che precede gli addii.

«A volte io ci penso. A come il tempo sembrava diverso.»

«Diciamo sempre la stessa cosa, come allora dicevamo che le estati passavano troppo presto.»

«Sì, ma io voglio esprimere un altro concetto. Il tempo era... come posso dire... una scatola, le stagioni erano scatole più piccole, messe in ordine dentro quella scatola, le potevi riconoscere. Sapevamo che c'era un tempo per l'estate, i giochi, le corse in bicicletta, le partite a pallone. Poi arrivava la scuola che metteva un segno di gesso, tra una stagione e un'altra.»

«Si chiama infanzia, adolescenza. Queste cose qui.»

«Già.»

Adesso è proprio buio. Accendo le candele. E i ricordi di quell'estate sono qui, confusi tra gli oggetti di questa casa, appena rischiarati da una luce tremula.

Nell'autunno del '73 la percezione fluida di paura e stupore, la consapevolezza del pericolo e il senso di protezione, la libertà improvvisa e imprevista, resero unica e indimenticabile quella stagione.

Mi sembra di rivedere una sequenza rallentata dei notiziari di allora.

Quegli uomini in tute artigianali che girano per le città con macchine per la disinfezione delle strade. Donne e bambini che passano rapidi coi fazzoletti stretti davanti alla bocca. Ronde di monatti in Ape Piaggio tra cumuli di immondizie in fiamme. File interminabili dinanzi agli ambulatori per le vaccinazioni, medici che raccomandano di lavare frutta e verdura con l'Amuchina, pescatori che ostentano una sicurezza disperata nei mercati rionali, polizia che si lancia sui trafficanti di molluschi.

Noi invece eravamo qui, in questa casa, forse

con questa luce. Tutto arrivava attutito, tutto si smorzava ai confini di un mondo protetto.

«Credo che sia partita da lì, la tua ossessione per l'igiene» dice Gianrico.

«La mia ossessione per l'igiene? Non sono ossessivo.»

«Mamma ci faceva il lavaggio del cervello. Ti sei lavato le mani prima di metterti a tavola? Non ti mangiare le unghie. Hai tenuto i pomodori a bagno nell'Amuchina? Quanto tempo li hai tenuti?»

«Bisognava tenerli almeno dieci minuti.»

«Ecco, vedi?»

«Vedi cosa? Dicevo solo che bisognava tenere i pomodori a mollo per almeno dieci minuti sennò non serviva. Lo dicevano al telegiornale.»

«Tu lo fai ancora.»

«No, li lavo per bene, però.»

«Appunto.»

«Questo non significa essere ossessivo.»

«Hai messo le calze di lana?»

«Che c'entra?»

«La maglia di lana?»

«Che diavolo c'entra?»

«Le mutande di lana?»

«Sei cretino?»

«'Sta faccenda delle cautele per non ammalarci a volte era insopportabile. Ma ti rendi conto che, dopo la storia del colera, non siamo potuti andare in piscina per almeno due anni?»

«Forse stai esagerando, eh.»

«Infatti tu non sai nuotare.»

«Ma allora sei scemo davvero. Io *so* nuotare.»

«Sì, stai a galla, ma nuoti di schifo.»

«Non è affatto vero. So nuotare, magari lo stile non è impeccabile, ma so nuotare. E mi ricordo anche quando ho imparato. Avevo otto anni, a Pesaro, al mare, un anno esatto prima che mamma e papà comprassero questa casa.»

«Pesaro...»

«Già.»

«Mi è venuta in mente una cosa.»

«Cosa?»

«A proposito di profumi. Un odore preciso. Un profumo che mi ricorda Pesaro, appunto. Ne abbiamo parlato stamattina, credo.»

«Cioè?»

«Il profumo della colazione negli alberghi...»

Resto a pensarci, per un po'.

«Quella era l'estate che stavo per morire e nessuno lo ha mai saputo.»

«Cosa?»

Era il 1972. Partimmo per le vacanze al mare.
Papà era stato nominato presidente di commissio-
ne in un liceo di Pesaro.

Era una giornata afosa, ci muovemmo da Bari intorno alle dodici, di domenica. Non esisteva ancora
questa cosa delle partenze intelligenti, ma sembrò
a tutti una buona idea viaggiare nelle ore più calde.
Non avremmo trovato traffico.

Secondo la tabella di marcia saremmo arrivati
intorno alle diciotto e trenta, andatura di crocie-
ra cento chilometri all'ora, papà è sempre stato un
uomo prudente.

Al chilometro novantotto sull'autostrada Bari-
Bologna il cofano della vecchia Innocenti 14 cominciò a mandare un fumo nero. Ci fermammo in
una stazione di servizio e il benzinaio disse che il
radiatore si era bevuto tutta l'acqua. Dopo averlo
riempito, il tizio consigliò di cercare un radiatorista
a Foggia, c'era il rischio che sotto sforzo si fondes-
se il motore.

C'è da dire che allora le cose erano un po' diverse da adesso. Cominciavano gli anni Settanta,
in molte case i telefoni in bachelite erano appena
stati sostituiti dai telefoni grigi in plastica e la 127
era stata nominata auto dell'anno. I bar vendevano
la gazzosa e il gingerino, la Coca-Cola e la Fanta

erano dentro quelle belle bottiglie bombate. Il disco per l'estate quell'anno lo vinse Gianni Nazzaro con *Quanto è bella lei*, al secondo posto Orietta Berti con *Stasera ti dico di no*, al terzo i Vianella con *Semo gente de borgata*. Il tempo viaggiava a una velocità differente. Trovare un'officina aperta a Foggia di domenica era un'impresa disperata.

Entrammo in città con l'automobile che fumava come una locomotiva. Papà imprecava con una creatività fino a quel giorno sconosciuta.

Per strada non c'era nessuno. Foggia era una città abbandonata dopo la catastrofe, quaranta gradi, umidità del cento per cento e piccoli gruppi di cani randagi che cercavano una pozza d'acqua e una zona d'ombra.

E poi c'eravamo noi.

Quando il radiatore cedette definitivamente, papà aveva ormai l'espressione di ilare rassegnazione che prelude ai gesti estremi. La macchina fece un botto e si fermò, in una strada anonima di periferia con tutte le saracinesche serrate.

Nella memoria quelle immagini sono ancora avvolte nella nebbia dei quaranta gradi. E le azioni e le immagini si sovrappongono, sconnesse.

Papà che apre il cofano e viene investito da un geyser, mamma e Gianrico che scaricano le valigie e si riparano sotto una pensilina, una signora venuta da un altro pianeta che attraversa la strada con la bici. Nessun bar aperto, nessuna cabina telefonica, e soprattutto nessun radiatorista in giro.

A un certo punto un autocarro si affacciò all'orizzonte, trasportava concimi, come avremmo verificato di lì a poco. Papà si mise al centro della strada e cominciò a sbracciarsi e il camion si fermò.

Ne scese un omino dalla faccia simpatica, cotta dal sole. Aveva una canottiera gialla di lana e un paio di pantaloni marroni. I piedi erano infilati senza calze dentro vecchie scarpe di cuoio con le suole consumate. Dopo un breve confabulare fece cenno di salire, ci avrebbe accompagnati in una pensione vicina e da lì avremmo deciso il da farsi. Ci stringemmo in modo paradossale.

All'interno del mezzo il sentore di letame ci avvolse come una droga psichedelica. Per fortuna non durò a lungo. Dopo dieci minuti arrivammo alla *Pensione Rosa*.

L'insegna era rosa, appunto, scolorita dal sole, e sporgeva sghemba dal portoncino di un palazzo anonimo degli anni Cinquanta. Suonammo al citofono, per fortuna c'era posto. Quarto piano, disse la voce chioccia.

"Dov'è l'ascensore?" chiese mamma.

"Credo che non ci sia" rispose papà con un'e-spressione ormai ascetica.

Arrivammo fradici e ansimanti. Papà prese accordi con Rosa, lei precisò, col tono di un'istitutrice austriaca, che in quell'albergo – disse proprio *albergo* – non si potevano portare animali, non si poteva mangiare in camera, e non veniva fornita biancheria da bagno. Papà rispose che, grazie, era tutto chiaro. E finalmente andammo a riposarci nella stanza a quattro letti con vista sul muro.

Ci sono giornate che segnano la tua esistenza, alcune in modo drammatico o addirittura tragico, altre perché accade una cosa bella, che non dimenticherai più. Altre ancora perché quella è l'estate più calda del secolo e i condizionatori non sono stati ancora inventati. O meglio, sono stati inventati, e da qualche parte del mondo ci sono. Non alla pensione Rosa.

Seduti sui letti, contravvenendo subito e con soddisfazione alla regola numero uno, consumammo la merenda che mamma aveva preparato per il viaggio. Panini con la frittata e sandwich con mozzarella e prosciutto cotto. E bevemmo l'acqua fresca dal thermos. Poi provammo a riposarci un po', mentre papà usciva a caccia di radiatoristi.

Il ricordo di quel pomeriggio di segregazione e tapparelle si confonde col sogno. Più volte abbiamo provato a raccontarci cosa accadde in quelle ore e ogni volta spunta fuori una cosa diversa. Papà ritornò la sera, stremato. Era riuscito a trovare un'officina, aveva parlato con il meccanico, quello aveva ispezionato l'auto e aveva detto che bisognava cambiare il radiatore. Non prima dell'indomani, però, perché bisognava procurare il pezzo di ricambio.

Papà si stese sul letto e si addormentò, senza dire più nulla.

La notte più calda del pianeta passò lentissima, nell'ipnosi della penombra e nello scricchiolio sinistro delle vecchie reti di metallo. La stanza era spoglia. Solo un vecchio armadio con tre grucce. Il bagno fuori dalla stanza, alla fine di un corridoio che puzzava di fumo rancido, come da regolamento non aveva gli asciugamani.

Arrivammo a Pesaro il lunedì, alle tre del pomeriggio.

L'albergo era semplice, pulito, profumava di sapone. Il balcone della nostra stanza si affacciava sul lungomare. Papà fece solo in tempo a farsi la doccia e la barba e andò a scuola, alla riunione con gli altri commissari esterni. Io e Gianrico andammo subito in spiaggia.

In quella vacanza accaddero alcune cose memorabili. Gianrico si innamorò di Simonetta: una ragazzina di Firenze, bella e un po' stronza. E io imparai finalmente a nuotare. Le giornate erano scandite dal ritmo rassicurante dei pranzi e delle cene. Papà tornava da scuola il pomeriggio e ci raggiungeva in spiaggia, ci abbronzavamo spalmati di crema giocando a pallone sulla sabbia.

Quasi tutte le sere andavamo a vedere i film che proiettavano in una piccola arena vicina al mare. *Totò contro i quattro*, *Gli Aristogatti*, *Per un pugno di dollari*.

Quell'anno, in quella vacanza, io rischiai di morire.

«Come sarebbe a dire?»

«Quello che ho detto.»

«Cioè?»

«Te lo ricordi quell'isolotto che si trovava a un centinaio di metri dalla riva, proprio di fronte alla spiaggia dell'albergo?»

«Certo. Forse non erano cento metri però, magari un po' meno.»

«Diciamo che erano cento metri. Ti ricordi che quell'estate ho imparato a nuotare?»

«Avevi i braccioli.»

«Non avevo i braccioli.»

«Vabbe', comunque vai avanti.»

«Insomma, improvvisamente sapevo nuotare, e preso dall'euforia decisi di arrivarci a nuoto. La chiamavamo l'isola del tesoro. C'eravamo già andati a piedi, insieme, con la bassa marea.»

«Vero.»

«Quindi pensavo di potermela fare un po' a nuoto e un po' a piedi. A metà strada mi resi conto che non toccavo. Qualcosa nelle correnti o nella marea non aveva funzionato.»

«E allora che facesti?»

«Mi prese il panico, ovvio. Avevo imparato a nuotare, non a galleggiare nell'acqua profonda. Annaspai. E stavo cominciando a bere. Non riuscivo neanche a urlare.»

«Ma io dov'ero?»

«Che ne so. In quel momento mi sentii chiamare, era una bambina con un materassino, alle mie spalle. Mi sorrise. Mi aggrappai al materassino, cercando di apparire disinvolto.»

«E poi?»

«E poi arrivammo fino all'isolotto. E scendemmo. Siamo stati lì per un po', a prendere il sole.»

«Tu e la bambina?»

«Sì. Non era italiana.»

«E di dov'era?»

«Non lo so, forse tedesca. Era biondissima e portava già il due pezzi.»

«E poi?»

«E poi niente. A un certo punto si è girata e mi ha dato un bacio. Sulla guancia. Però molto vicino alle labbra. In pratica il mio primo bacio.»

«Ma che dici?»

«Giuro. Poi prese delle telline, o qualcosa del genere, e me ne offrì una.»

«E tu l'hai mangiata?»

«Sì.»

«Ma se non li mangi mai i frutti di mare.»

«L'ho mangiata, me lo ricordo benissimo.»

«Cioè, tu sei andato sull'isola del tesoro, hai baciato una tedesca e mangiato i frutti di mare? A otto anni?»

«Sì. Più o meno è andata così.»

«E perché non me l'hai mai detto?»

«Non lo so.»

«E la bambina come si chiamava?»

«Non lo so.»

Gianrico

Man mano che si è fatto buio, la casa è diventata più piccola. Solo un bagliore, vista da fuori. Ci sono ancora tante cose da sistemare e il senso strisciante di malinconia rischia di mutare in un sentimento più gonfio, meno controllabile, rigurgitante di troppe cose non dette.

A occhio e croce, dice Francesco, ci vogliono altre due ore. Forse è un calcolo ottimistico.

«Che facciamo? Torniamo domani?» mi chiede.

«Non ci penso neanche.»

«E allora?»

«E allora non lo so. Dovremmo andare avanti e finire stasera.»

«Non finiamo, entro stasera. Lo sai anche tu.»

«Io domani non ci torno, ho un sacco da fare.»

«Dopodomani consegniamo le chiavi.»

«Perché domani non ci vieni tu da solo?»

«Bella battuta.»

«Diciamo a quei tizi che bisogna rinviare la consegna della casa?»

In teoria si potrebbe fare, cosa cambia un giorno in più o in meno? In pratica certe cose, quando le hai cominciate, è meglio non sospenderle. Non trascinarle. Meglio concentrare la sofferenza, o anche solo il disagio di un compito nel momento in cui hai trovato le energie per affrontarlo.

«Non so perché, mi viene in mente quello che scrive Rodari all'inizio della *Grammatica della fantasia*.»

«Che dice?»

Parla di un sasso gettato in uno stagno, Rodari. Quando il sasso cade genera onde concentriche, che producono effetti di superficie: l'ondeggiare di una ninfea, il ribaltamento di una barchetta di carta, il guizzare improvviso di una libellula. Vite e oggetti che se ne stavano immobili sono richiamati a una reazione imprevista. Ma il sasso continua a cadere, affonda, e altri movimenti si propagano in tutte le direzioni: un pesce spaventato guizza via, le alghe si intrecciano, i flussi di risalita delle correnti creano minuscoli gorghi. Infine il sasso tocca il fondo. La fanghiglia si scuote, piccoli oggetti vengono dissepolti, altri ricoperti a turno dalla sabbia. Innumerevoli eventi si succedono in un tempo brevissimo.

Francesco sembra ricordarla come se avesse il libro davanti e adesso anch'io me la ricordo, e restiamo qualche minuto nella penombra tremolante e io cerco di riafferrare altre cose lontane nella memoria, cose che mi sfuggono.

«Restiamo a dormire qui.»

«Come hai detto?» chiedo ridestandomi dal lieve torpore in cui ero caduto.

«Dormiamo qui. Lavoriamo finché è possibile, poi mangiamo un boccone, ci riposiamo qualche ora e domattina presto chiudiamo la pratica.»

«Chiudiamo la *pratica*, ma come parli?»

«Allora?»

«In questi letti non ci dorme nessuno da anni e nemmeno voglio pensare in che condizioni sono le coperte, le lenzuola e i cuscini.»

«Hai qualche proposta alternativa?»

Un'alternativa sensata sarebbe mettersi in macchina e tornare a casa, e domani mattina rifare il percorso a ritroso. Sarebbe facile, ci vuole meno di un'ora. Però forse fingiamo che sia una soluzione complicata perché tutti e due cerchiamo un pretesto. Forse tutti e due vogliamo celebrare fino in fondo la cerimonia degli addii dormendo qui dentro, fra queste mura affaticate dagli anni, fra questi mobili vecchi, carichi di sogni perduti.

Insomma, decidiamo di restare.

Facciamo una perlustrazione con le candele e troviamo lenzuola, cuscini e coperte.

«Ti ricordi quando mancava la luce durante i temporali?»

«Stavo pensando la stessa cosa. Stavamo per ore con le candele. Avevamo anche due lampade a petrolio.»

«Le lampade a petrolio, è vero. Chissà dove sono finite.»

«Magari saltano fuori.»

Poi facciamo i letti. Gli stessi dove dormivamo da ragazzi. È strano come un semplice rituale – rifare un vecchio letto con vecchie lenzuola – possa mettere pace, evocando gli spiriti benigni. Nessuno dei due parla ma sono sicuro che Francesco sta provando più o meno la stessa cosa.

Quando la vecchia cameretta è pronta per la notte, torniamo in cucina.

La bombola funziona e il gas c'è. Nella credenza ci sono pacchi di pasta, sale, caffè e zucchero.

«Ma com'è possibile?» chiedo io.

«Fino a due anni fa mamma e papà ci venivano,

qualche domenica, anche se era da tanto tempo che non rimanevano più a dormire.»

«Cucino io» dico, seguendo un impulso che non mi è consueto.

«Cosa?» mi chiede, stranamente non sospettoso.

«Gli spaghetti di zio Franco. E poi ci sono il formaggio e tutte le altre cose che ci ha dato Rita.»

«Rita. Che storia, chi si poteva immaginare di trovarla là...»

«Ti piaceva, vero? Si vedeva da come la guardavi.»

Francesco fa un sorriso dal quale emerge, fra i bagliori delle candele, la faccia del ragazzino di tanti anni prima. Lui non sorride molto e questa cosa mi fa una tenerezza inattesa e lancinante.

«Da ragazzina era insignificante. È diventata bella, in un certo senso.»

«Il tuo genere, direi.»

«Quale sarebbe il mio genere?»

«Con un sottofondo pericoloso.»

Mio fratello mi guarda a lungo, stupito. Ho ragione e lui non capisce come faccia a sapere questa cosa di lui.

«Che ne sai?»

Non è una vera domanda e infatti io non rispondo. Mi stringo nelle spalle e mi metto al lavoro.

«Cerca il cavatappi» gli dico mentre verso l'olio nella padella, dopo aver lavato piatti, bicchieri e posate e aver messo l'acqua a bollire.

«Vuoi aprire il vino?»

«Domanda scaltra. Vuoi cenare senza vino?»

«Io non bevo.»

«Peggio per te. Io sì.»

Mentre le olive sfrigolano nella vecchia padella di alluminio, Francesco apparecchia, con una tovaglia a quadretti bianchi e rosa. Forse tanti anni fa erano rossi, non lo so. Fuori c'è un silenzio di campagna, di città lontane anni luce, di animali notturni.

Nel bosco tutte le gradazioni del buio. Ci sediamo davanti a quel buio, con la finestra aperta perché ha smesso di tirare vento. Una candela illumina i piatti, gli spaghetti con le olive e il pan grattato fritto, il formaggio, la bottiglia del vino che manda riflessi cordiali.

«Davvero non vuoi neanche un bicchiere?»

«Cerco di non bere…»

«Che palle. Perché cerchi di non bere? Sei un alcolizzato e io non ne ho saputo nulla?»

Lui non risponde. Scuote la testa come per scacciare un pensiero molesto e poi mi fa cenno di versare. Allora riempio i bicchieri e facciamo un

brindisi, impacciato perché non sappiamo a cosa.
O forse è impacciato perché lo sappiamo bene, tutti e due.

«Sono buoni. Sono quasi uguali a quelli di zio
Franco.»

La ricetta di zio Franco, la frittata di pasta e gli
spaghetti all'assassina sono i miei piatti preferiti,
fra quelli che sono capace di preparare. Cucina di
sopravvivenza e degli avanzi. In questo, zio Franco
era uno specialista e la sua ricetta nacque a Firenze, una sera d'inverno che eravamo a casa sua, affamati, con la dispensa e il frigo semivuoti. Riuscimmo a trovare un barattolo di olive nere, del pane
raffermo, un vasetto di acciughe, una testa d'aglio,
un pacco di spaghetti alla chitarra e dei peperoncini. Indossando un buffo grembiule, bevendo di
tanto in tanto un sorso di vino – quello, le sigarette
e l'olio buono non mancavano mai –, zio Franco
si inventò questo piatto sopraffino che negli anni
avremmo ripetuto e perfezionato anche con altri
ingredienti: pomodorini, pinoli, mandorle, pecorino, erbe. Una specie di ricetta aperta con una
sola regola ineludibile: gli spaghetti di zio Franco
devono essere piccanti. Come devono essere *molto*
piccanti quelli all'assassina, diretti discendenti della pasta riscaldata di certe cene degli anni Sessanta,

quelle in cucina, sul tavolo di formica, sotto la luce gialla delle lampade a campana.

«Secondo te il mangiadischi funziona?»

«Boh, ci vorrebbero le pile. Comunque ce lo portiamo.»

«Hai visto quanti 45 giri ci sono?»

«Certo che li ho visti. C'è roba pesante.»

«Gli Oliver Onions, *Dune Buggy*.»

«C'è un Gianni Bella d'annata, *Non si può morire dentro*.»

«La canzone dei carcerati.»

«Cazzo che battuta.»

«La faceva sempre Zavoianni, quel mio compagno di classe. Te lo ricordi?»

«No.»

«Ma poi di chi era quel disco di Gianni Bella? Chi lo ha portato qua?»

«Io. Me lo comprai.»

«Tu. Sei matto. E cos'altro facevi? Spacciavi droga, ricettavi merce rubata?»

«Te la ricordi Rossana Caputo?»

«Certo. Era bella, anzi bona. Una delle ragazze più sceme che abbia mai conosciuto.»

«Presi una cotta terribile per lei per almeno due settimane.»

«No!»

«Sì.»

«E ci sei stato?»

«No. Era più grande di me e le piaceva un energumeno che veniva da Gravina. È stato un amore infelice.»

Francesco rovescia gli occhi. Non era preparato a queste rivelazioni.

«E che c'entra Gianni Bella con Rossana Caputo?»

«Le piaceva tanto. Io lo ascoltavo, pensavo a lei e soffrivo d'amore.»

«Ho sempre saputo di avere un fratello scemo. È bello scoprire di non essermi sbagliato.»

Mi taglio una fettina di pecorino, lo mangio con un pezzo di pane di Altamura e bevo un bel sorso di primitivo che, va detto, con questo formaggio e questo pane lega *molto* bene. Anche Francesco beve un sorso, come se stesse imparando di nuovo.

«Chissà che fine ha fatto l'oggetto del tuo amore infelice. Tu l'hai mai più vista?» mi domanda.

«Mai.»

«Io me lo chiedo sempre.»

«Cosa?»

«Che fine hanno fatto le persone che hai conosciuto d'estate. Durante le vacanze. A volte immagino di incontrarle, in fila, una dietro l'altra, con la faccia di allora. E loro mi guardano e io non so che dire. Non saprei che dire.»

«Forse è meglio non incontrarle.»

«Perché?»

«Be', per esempio, ci sono buone probabilità che la tedesca che ti ha baciato sull'isolotto adesso sia grassa, cotonata e porti dei leggings.»

«Ok, mi hai convinto. Non voglio vederla.»

Poi vuota il bicchiere del vino, se ne versa dell'altro e questo gesto mi mette allegria.

Passano dei minuti, sospesi, pieni del silenzio e dei fruscii della foresta e di ricordi che vanno in direzioni imprevedibili. Per poi finire nello stesso posto.

«E Chiara Ferrari te la ricordi?» riprendo a parlare.

«Sì...»

«Qualche giorno fa ho incrociato suo marito in aeroporto.»

«L'ex marito.»

«Sì, certo. Sono separati. Lui stava con la segretaria. Sai che fine ha fatto?»

«La segretaria?»

«Dài, non fare il coglione.»

«No, non proprio.»

«Che vuol dire?»

«L'ho incontrata qualche mese fa, a Bari. Ci siamo fermati a parlare solo qualche minuto.»

«Ah, quindi lei si ricordava di te.»

«Be', sì.»

«E ha chiesto di me?»

«Forse sì. Credo di sì.»

«Era con qualcuno, tipo un fidanzato, qualcosa del genere?»

«Perché lo vuoi sapere?»

«No, così. Solo per curiosità.»

«Era con la figlia. Una bella ragazzina, avrà avuto quindici anni.»

«Lei era molto bella.»

«Era bella, sì.»

«E ora?»

«L'hai detto tu, prima. A volte è meglio non incontrarle, le persone che hai conosciuto tanto tempo fa.»

«È invecchiata? È grassa, è cotonata, porta i leggings?»

«In realtà, no. È sempre bella, segnata, ma bella. Però aveva un'aria triste.»

«Ah...»

«Io ho un'aria triste?»

«A volte, sì.»

Francesco versa un po' d'olio su una fetta di pane di Altamura. Poi, come se ci avesse pensato in quel momento, ne prepara un'altra per me. Il pane di Altamura è buono così, solo con l'olio, senza pomodori e senza sale.

«Rita ci ha dato anche la focaccia, la assaggiamo?»

«Ma è integrale?»

«Sì, ci sono anche le olive e il sesamo, io ne assaggio un pezzo.»

«Certo, per essere un igienista ti stai ingozzando come si deve…»

«Io non sono un igienista.»

«E io sono cinese. Danne un pezzo anche a me.»

La focaccia di Rita è buona, ma diciamocelo, non ha niente a che fare con quella che puoi trovare a Bari, nei posti giusti. Il posto più giusto di tutti, tanti anni fa, era il panificio vicino a scuola. Si trovava a un isolato soltanto dal liceo Orazio Flacco – per tutti a Bari: *il Flacco* – e alla fine delle lezioni, appena fuori, la prima cosa che sentivi era il profumo.

La signora con il grembiule infarinato schiacciava con il pollice sinistro la ruota di focaccia bollente sul piano di marmo e ne tagliava un quarto, poi lo avvolgeva in un pezzo di carta marrone e te lo passava sopra il banco gremito di taralli dolci e salati.

Il pomodoro bollente, la crosta bruciacchiata, le consistenze morbide e croccanti, il vapore di locomotiva sprigionato dalla superficie incandescente.

Andavamo all'Orazio Flacco, il liceo più antico della città. L'edificio che ospita la scuola risale al 1933, ha una pianta a M – era la M di Mussolini – e davanti all'ingresso principale un ampio marciapiede che si affaccia sul lungomare. Il marciapiede era grande quasi quanto un campo di calcio. Ci giocavamo nei giorni di assemblea, di sciopero o alla fine delle lezioni.

Le cose si collegano nella memoria: la focaccia, la gazzosa, i libri e i quaderni tenuti con la cinghia, le partite e l'acquisto del pallone.

Nei pressi della scuola c'era una bottega che vendeva articoli di ogni tipo, dai quaderni a quadretti con la copertina nera alle maschere di carnevale, dai manifesti rubati nelle edicole dei cinema della città alle cerbottane. E scherzi di ogni genere, fialette puzzolenti, il petofono, le scatole di caramelle con la scossa elettrica, i petardi e le cacche di plastica, e poi c'erano i palloni.

Tre tipologie fondamentali.

In cima alla lista, il pallone più ambito: il San Siro. In gomma dura, a losanghe, ottico, cioè bianco con i rombi neri; aveva il rimbalzo e il controllo simile a quello di un pallone vero. Costo: millecinquecento lire.

In posizione intermedia: il Super Santos. Più leggero del San Siro, ma più economico e di gran lunga il più popolare. Di colore arancione intenso, percorso da strisce nere che riprendevano lo schema dei vecchi palloni in cuoio, era il più gettonato, sia per il rapporto qualità-prezzo, sia perché quasi sempre disponibile nei negozi. Costo: ottocento lire.

Ultimo nella lista: il Super Tele. Il più leggero, in teoria gonfiabile tramite una piccola valvola autosigillante in gomma, che però, per via della realizzazione approssimativa, alla fine risultava inutile. Il Super Tele era del tutto inaffidabile: impossibile impostarne la traiettoria, in presenza di vento produceva evoluzioni fantasiose. Ce n'erano di ogni colore, e questa già ci sembrava una cosa poco seria. In genere, dopo una partita si sgonfiava ed era da buttare via. Costo: trecento lire.

Il proprietario della bottega che vendeva i palloni si chiamava Salvatore, qualche anno più tardi lo avremmo rivisto, identico e con lo stesso nome, ne

Il nome della rosa. Quel frate che parla un pastoso grammelot di latino francese italiano e chissà che altro ancora. Alto, con la testa deforme, e la voce profonda. Salvatore, il bottegaio, era così. Parlava una lingua mista, un dialetto per metà barese e per metà salentino, intervallato da alcune espressioni bizzarre di provenienza misteriosa.

"C'vulìt? U' pallon? U' pallon vulìt?"

"Come?"

"C'vulìt, u' pallon? U' supersà?"

Tutti i ragazzi si divertivano a farlo parlare, entrando in trattative serrate per l'acquisto.

"Novecènt, che novecènt, aldr' che chiacchie'."

"No, Salvatore, ti possiamo dare settecento lire."

"Fettecènt, Dio, verginessantanicola, c'fettecènt e fettecènt, meju curnutu ca ffessa…"

"Non le teniamo."

"Fettecènt? E ci'è aggratìs… meh ammìn' n'aldacentalir' e vattìn…"

L'antro in cui vendeva le merci, e dove probabilmente mangiava e dormiva, era buio, saturo di odori e pieno zeppo di scaffalature pericolanti.

Quando la trattativa terminava, lui consegnava il pallone, con le palpebre appena calate sulle pupille liquide, poi, quasi sempre, ci richiamava prima che uscissimo e con un sorriso di denti irregolari ci offriva una rotella di liquirizia, tirandola fuori da una tasca sudicia.

"Uagnone... la vuè la liqueri'?"

"No, Salvatore, grazie..."

"Meh piggh' la liquerì e mmmang'."

A quel punto la prendevamo e schizzavamo via. Nessuno di noi, per quanto io ne sappia, ha mai avuto il coraggio di mangiarla.

Tranne papà, che ha frequentato il liceo classico dai Gesuiti, il Di Cagno Abbrescia, che oggi non esiste più, all'Orazio Flacco ha studiato tutta la famiglia. In quel liceo hanno insegnato filosofi, latinisti, storici dell'arte e alcuni di loro hanno avuto vite straordinarie. C'era Renato Scionti, per esempio, che insegnava storia e filosofia e fu il mio professore. Ex partigiano, della 52ª Brigata Garibaldi, la leggenda vuole che fosse tra coloro che il 27 aprile del 1945 arrestarono Benito Mussolini. C'era Michele D'Erasmo, professore di italiano e latino, uno dei giovani intellettuali antifascisti che misero in piedi Radio Bari, la prima emittente libera italiana dopo l'armistizio dell'8 settembre. La sede era in via Putignani, quasi di fronte a casa nostra. Mamma è stata sua allieva e lui frequentava spesso la nostra famiglia.

«Certo che D'Erasmo era un personaggio» dico.

«Mi spediva sempre una cartolina, dai suoi viaggi intorno al mondo. Ero piccolo e mi sembrava un grande privilegio.»

«A te era affezionato.»

«Gli piacevano i disegni, il fatto che io disegnassi. Quando gliene regalavo uno, lui ricambiava subito con un libro illustrato. Ripeteva sempre: "Copia, copia, copia, lo sai che lo diceva Leonardo ai suoi allievi?". E io mi sentivo importante. Ci passavo le ore ad ascoltarlo, tu quando c'era lui ti annoiavi. È vero?»

«Non lo so. Forse sì. Ti annoi molto facilmente a quell'età e vorresti sempre essere altrove.»

«A me succede spesso anche adesso.»

«Ti annoi?»

«No, vorrei essere altrove.»

«Già. Non ce l'hai una sigaretta?»

«Da dodici anni esatti non ce l'ho, una sigaretta.»

«Però i dolci erano buoni.»

«Che dolci?»

«Quelli che ci mandava D'Erasmo, quelli delle suore.»

Francesco

Il convento era in un piccolo paese dell'entroterra.

Ogni anno aspettavamo con ansia il pacco, che arrivava puntuale, la Domenica delle Palme. Nella guantiera, centoventi bocconotti, piccole paste circolari ricoperte da una glassa dai colori pastello. Le forme erano identiche, il contenuto diversissimo: pastareale, cioccolato, limone, caffè e marmellata d'uva.

Un anno il professor D'Erasmo, originario proprio di quel paesino, ci invitò a visitare il monastero. La madre badessa era sua cugina. Le monache, benedettine, erano nella maggior parte di clausura e le visite di regola non erano consentite. Mancavano un paio di settimane alla Pasqua.

Arrivammo al convento dopo aver percorso un dedalo di stradine che si facevano sempre più silenziose. Ci ritrovammo in uno slargo, non molto ampio, dove campeggiava la facciata della chiesa; al suo fianco, il monastero. L'edificio barocco era imponente, le finestre con le grate ad arco avevano una griglia scura all'interno e tende color cremisi a isolare la vista.

Il professore bussò al portone con il pesante batacchio zoomorfo. Tutto aveva un'aria minacciosa e irresistibilmente attraente.

Venne ad aprire una suora piccola e secca. Salutò il professore, si presentò a mamma e papà sussurrando il suo nome e lanciò a noi ragazzi uno sguardo poco amichevole. Ci condusse su, per una scala ellittica, illuminata da un fastoso lucernario. In cima alla scala un ballatoio e due grandi porte di legno massiccio.

Ne aprì una, facendo ruotare una chiave grande quanto la sua mano ossuta, e ci introdusse in una sala ampia e poco illuminata. Era il refettorio.

Si sentiva l'odore dei detersivi, della cera con cui erano lucidati i sedili e i banchi di legno, di qualche minestra in preparazione per la cena.

Disse di attendere. Poi uscì.

Mi guardai intorno. I banchi erano stretti e lun-

ghi, i sedili, dritti e palesemente scomodi, portavano dei fregi semplici, floreali. In fondo alla sala
c'era un grande divisorio costituito da una grata
metallica a maglie fitte che riempiva l'intera parete.
Il professore disse che era il limite invalicabile per
le suore di clausura. Il pavimento era lucido, con
piccoli disegni geometrici.

Dopo qualche minuto, dietro la grata apparve la
sagoma imponente di una suora. Il viso era coperto
da un velo. Il professore si alzò e le andò incontro.

Io guardai Gianrico e lui guardò me.

Poco dopo la suora ci fece un cenno, forse una
benedizione, e sparì dietro una tenda.

Il professore ci disse che la badessa aveva dato
disposizioni perché potessimo visitare le parti comuni e le cucine, evitando, com'era ovvio, gli am-
bienti riservati alla clausura.

Parlavano tutti sottovoce, io mi sentivo nel pieno dell'avventura dentro il castello delle suore ma-
scherate.

Dopo pochi minuti arrivò suor Caterina, robusta
e sorridente, si presentò cordialmente a mamma e
papà e ci disse di seguirla.

Camminammo per le grandi sale affrescate, pro-
fumate di limoni e cera d'api, arredate da pochi
oggetti. Attraversammo la biblioteca, con le scale

verticali che scorrevano su ringhiere di ferro battuto, e infine entrammo nelle cucine.

Erano due sale che mi parvero enormi e piene di luce. Le pareti color panna e grandi tavoli di marmo sostenuti da gambe robuste di legno scuro. Scaffali pieni di barattoli, ciascuno con un nome segnato a penna in bella grafia, e poi cassetti, di tutte le dimensioni, padelle, tegami, pentole fumanti, fuochi accesi, cappe che risucchiavano i fumi. Sette suore sorridenti indossavano grembiuli bianchi e lavoravano la massa. Su un tavolo di marmo erano disposte centinaia e centinaia di piccole paste rotonde, in attesa della cottura. Suor Caterina ci condusse accanto a una grande madia color vaniglia. Aprì una delle ante e ci mostrò tutti i dolci già pronti, in vassoi di legno uno sopra l'altro, ordinati secondo il gusto e il colore. Con un gesto rapido, ne prese tre o quattro e me li infilò in tasca. Altrettanto fece con Gianrico. Poi ci strizzò l'occhio e scoppiò in una risata da criceto.

Quando ce ne andammo, scendendo la grande scala ellittica, mi girai a guardare. Dietro una delle finestre con le grate mi parve di vedere la sagoma scura della badessa. Sembrava Belfagor, il fantasma del Louvre. E come Belfagor, nel giro di qualche secondo, sparì.

Adesso è proprio notte.

Prendiamo la candela del soggiorno e andiamo nella camera da letto. La sistemo sul comodino al centro, fra i due letti rossi. L'armadio celeste sembra ancora più imponente.

«A me Belfagor faceva una paura bestiale.»

«Belfagor?»

«Mi è venuto in mente pensando alla badessa.»

«Faceva paura anche a me. Si muoveva sollevato da terra nelle sale del museo, la notte.»

«Sollevata, vorrai dire, era una donna. Era Juliette Gréco.»

«Il materasso è umido.»

«Che c'entra con Belfagor?»

«Niente. Però il mio materasso è umido.»

«È un'impressione. È solo freddo.»

«No, no. È proprio umido.»

«Ok, il mio è sfondato al centro. Vuoi fare a cambio?»

Vuoi fare a cambio? Questa frase dell'infanzia arriva seguendo una linea retta della memoria. Ce ne accorgiamo entrambi, e restiamo in silenzio per un po'.

«Dormirò di merda» dico, fissando il soffitto.

«Trentotto secondi, è un record.»

«Trentotto secondi cosa?»

«Trentotto secondi che non ti stavi lamentando. Puoi fare di meglio, ma non è male.»

«Ho il letto sfondato, e non voglio neanche pensare a cosa potrebbe esserci sotto.»

«Ti ricordi il nido di scorpioni che scoprimmo dietro la cassettiera?»

«La finisci?»

«No, davvero, non te lo ricordi?»

«Me lo ricordo benissimo. Sembrava la scena di un film dell'orrore, scorpioncini rossi che uscivano da tutte le parti.»

«Erano innocui, non ci sono scorpioni letali in Europa.»

«L'abitudine di sparare cazzate da giovane esploratore non ti è ancora passata.»

«No.»

Non dormivamo nella stessa stanza credo da trent'anni. Parlare al buio è una cosa che ti riporta indietro, più di altre.

«Perché prima mi hai chiesto di Chiara?»

«Non lo so. Mi è venuta in mente, non la incontro da anni.»

«Quanto tempo siete stati insieme?»

«Quasi un anno.»

«Un anno? Pensavo al massimo qualche settimana. Ma eri innamorato?»

«Sì che ero innamorato.»

«E lei?»

«Lei diceva di sì. Ma poi è sparita, da un giorno all'altro.»

«Succede.»

«Succede.»

«Devo dirti una cosa.»

«Cosa?»

«Una volta ho incontrato Chiara...»

«Me l'hai detto.»

«No, quella era un'altra. Questa è una cosa successa molto tempo fa.»

«Cioè?»

«Era d'estate. Ero in tournée con uno spettacolo di Albertazzi e avevamo delle piazze in Puglia.»

«E allora?»

«E allora niente, lei una sera è venuta a vedere lo spettacolo.»

«Com'era?»

«Lo spettacolo?»

«Chi se ne frega dello spettacolo. Com'era lei.»

«Era... uguale, non lo so... cioè, non mi sembrava cambiata.»

«E quindi?»

«E quindi basta... dopo lo spettacolo siamo stati a cena insieme.»

«Voi due?»

«Sì. Noi due.»

«Voglio dire, voi due da soli?»

«Sì. Da soli. Certo.»

«Ah.»

«E poi, niente...»

«E poi cosa, niente?»

«E poi siamo stati un po' insieme.»

«Che significa?»

«Come che significa...»

«Quello che ho detto: che accidenti significa?»

«Abbiamo passato la notte insieme.»

«Cosa? Cazzo... perché non me l'hai mai detto?»

«Cosa dovevo dirti. Non lo so... non era una cosa importante, non mi sembrava. Quella sera avevamo bevuto.»

«Cazzo... e poi vi siete rivisti?»

«No. Mai.»

Ecco, adesso restiamo zitti. Perché non gliel'ho mai detto? Perché non ci ho mai pensato. Mica stai a pensare una cosa del genere, capita, una sera, e dopo quella sera passa, insieme a tante altre. Passa insieme a *tutte* le altre. Che ne so perché non l'ho detto mai. Che ne so perché gliel'ho detto adesso.

«Mi sa che ho fatto una cazzata.»

«Mi sa di sì.»

«Non mi viene niente da dire.»

«Ecco, bravo. Non dire niente. Anzi, adesso dimmi anche che sei stato tu a mettermi il Guttalax nel cappuccino il giorno dell'esame di commerciale. Così abbiamo completato le rivelazioni.»

«No, il Guttalax non l'ho messo io... però...»

«Però cosa?»

«Stavo pensando a un risarcimento. Tipo pareggiare i conti, una cosa del genere.»

«Sarebbe a dire?»

«La cerco su Facebook e quando la trovo te la passo. La tedesca cotonata coi leggings.»

«Vaffanculo.»

Gianrico

Ripartiamo dalla foresta di Mercadante che è quasi mezzogiorno, dopo aver chiuso per l'ultima volta il vecchio cancello, senza dire una parola.

Guida Francesco, adesso. Ha detto che al volante le botte degli ammortizzatori fantasma si sentono meno. La vecchia Mini è piena di borse e oggetti e roba da mangiare – quella avanzata dalla cena di ieri. C'è anche la busta dei fumetti.

«Quando la apriamo?»

«Abbiamo deciso di aprirla?»

«Certo che la apriamo. Pensa se davvero c'è il dannato numero cinque.»

«Così, giusto per parlare: la busta sarebbe mia.»

«Che vuol dire?»

«Vuol dire che toccherebbe a me decidere, se aprirla o meno.»

«Sei simpaticissimo. Più o meno come un mal di denti.»

Lui sorride continuando a tenere gli occhi sulla strada. La tecnica di guida è impeccabile, ma la velocità è, come dire, prudente.

«Dovremmo arricchire un po' l'elenco delle cose da mangiare» dico sfogliando gli appunti che ieri ha preso lui e che oggi toccherebbero a me.

«E la Citrosodina?»

«Come ti viene? Che c'entra la Citrosodina con le cose da mangiare?»

«Comunque è un sapore, la Citrosodina, cavolo. Il barattolo lungo di latta con l'etichetta gialla. Non la fanno più.»

«La fanno, il contenitore non è più di latta, ma la fanno.»

«Cioè, fanno ancora la Citrosodina?»

«Guarda che non è Lsd, è un antiacido. È bicarbonato di sodio.»

«Lo sai che da piccolo la rubavo e me la facevo sciogliere sulla lingua?»

«Caspita, fra noi c'è Huckleberry Finn. Che impresa audace. Tutti la rubavamo.»

«Si scioglieva come le caramelle effervescenti, la Citrosodina.»

«Vogliamo procedere con questo elenco? Dobbiamo aspettare che l'editore ci faccia causa per inadempimento contrattuale?»

«Purè di fave e cicorie. Diverse versioni: con pane fritto, con peperoni croccanti, con la cipolla rossa di Acquaviva, cruda.»

«*Tu* mangi la cipolla cruda?»

«Non molto, in effetti. Panino col polpo alla brace.»

«Buono, lo facevano a Mola o sulla spiaggia di Torre Canne. Riso patate e cozze.»

«Io ci metto anche le zucchine tagliate sottili.»

«Perché, *tu* sai fare riso patate e cozze?»

«Certo. Anche con il grano al posto del riso.»

«Quando hai imparato?»

«Vuoi la data precisa, giorno, mese e anno?»

«Dài, veramente, come hai imparato?»

«Da una signora di Bari Vecchia, Nennella. Fa delle specie di seminari in dialetto sui piatti tipici, su come si fanno le orecchiette e tutto il resto. A parte le ricette, è meglio di Checco Zalone.»

«In che senso?»

«Ti uccidi dalle risate. Dà i soprannomi agli allievi.»

«E a te come ti chiamava?»

«'ngegner' du' cazz'.»

«Caspita, elegante. E tu?»

«Io dicevo che sono architetto, mica ingegnere.»

«Va bene, andiamo avanti... orecchiette e rape.»

«Rita voleva farci le orecchiette e rape.»

«Ma i cavalli di Rita si chiamavano Gianni e Pinotto, vero?»

«Che c'entrano i cavalli di Rita?»

«No, è che per associazione d'idee mi è venuto in mente il polpettone di nonna Italia. Lo fece quella sera...»

«Il polpettone! Cosa mi hai ricordato.»

«Ma tu non sei diventato vegetariano?»

«Non sono vegetariano. Non mangio più la carne.»

«Ah, sì? E se adesso ti mettessero davanti una fetta di quel polpettone?»

Se il piatto forte di nonna Maria era la pasta al forno, quello di nonna Italia era il polpettone al limone. È passato così tanto tempo che mi sembra davvero incredibile riuscire a rievocarne il sapore – i sapori – in maniera così precisa. L'impasto della carne era misurato dal latte, dal prosciutto cotto e dalla mozzarella. Era morbido e umido. La nonna lo serviva su un piatto ovale, e ci metteva accanto una piccola scodella con un'emulsione di olio e limone. Per contorno, spinaci preparati in un tortino con pinoli e uvetta. Molto siciliano, molto buono. Nonna Italia infatti era siciliana, nata a Pachino, e cresciuta a Noto. Si era laureata a ventun anni, unica donna del suo corso di laurea. Una delle prime, nella regione, a quei tempi. Parlava il latino e il francese, conosceva a memoria lunghi pezzi del *Poema del mio Cid*, citava i classici ma allo stesso tempo portava con sé il tratto concreto di una sicilianità arcaica e popolare. In certi giorni alternava, in un grammelot acrobatico, espressioni francesi a un dialetto meravigliosamente musicale.

Nonna Italia abitava vicino casa nostra in un palazzo elegante degli anni Trenta. L'ascensore era in legno, con la panchetta ribaltabile e la macchina per le monetine. Per salire dovevi pagare cinque lire.

«Mamma e papà erano andati a un convegno, vero?»

«Sì, era a Recanati, su Leopardi.»

«E nonna venne a stare a casa. Che anno era?»

«Sarà stato attorno al '69, '70. Avevamo ancora i letti a castello.»

«E lei preparò il polpettone con gli spinaci. Dovette togliercelo perché ce lo stavamo mangiando tutto.»

«E poi disse che era ora di andare a letto, quando sullo schermo apparve Nicoletta Orsomando e annunciò che stava per andare in onda *Il cervello di Frankenstein* con Gianni e Pinotto.»

«Come fai a ricordarti che era la Orsomando?»

«Non me lo ricordo infatti. Solo che se devo pensare a un'annunciatrice di quegli anni mi viene in mente lei.»

Insomma, qualcuno annunciò quel film. Era un film comico, ma faceva anche paura. C'era la casa degli orrori e una specie di convention di tutti i mostri del cinema: Dracula, l'Uomo Lupo, Frankenstein. Non potevamo perdercelo. Così ingaggiammo una serrata trattativa con nonna perché ci permettesse di restare alzati. Alla fine ci concesse mezz'ora. Non un minuto di più.

Al minuto numero venticinque nonna dormiva profondamente in poltrona – e a dire il vero russava anche – e noi ci godemmo il film indisturbati, fino all'ultima scena.

«Ti ricordi come finisce?»

«La cosa dell'Uomo Invisibile?»

«Sì, si sente solo la voce che dice: "Non illudetevi, la vita è piena di sorprese. Permettete che mi presenti, sono l'Uomo Invisibile".»

«Grande.»

Francesco

Quando arriviamo sulla tangenziale, prendiamo l'uscita della Fiera del Levante. Il mare, dinanzi all'ingresso monumentale, è una lamina di luce con i confini netti, all'orizzonte. Mentre guido, Gianrico sfoglia il quaderno delle ricette, quello che abbiamo trovato nascosto tra le carte, a Mercadante.

«Allora, se ho capito bene, queste sono le ricette di Mammela che mamma deve aver trascritto. È in siciliano, o comunque in una lingua sconosciuta.»

«Da dove si capisce che sono le ricette di Mammela?»

«Dalla prima pagina, c'è scritto: *Ricette di Mammela.*»

«Ah, ecco.»

«Io non riesco a decifrare nulla, qui c'è scritto per esempio... *fritteddi aruci*.»

«Frittelle dolci.»

«Come fai a saperlo?»

«Lo so. Con nonna quando eravamo soli parlavamo in dialetto, e poi anche a Firenze con zio Franco.»

«... cioè, tu sai parlare il siciliano?»

«... quello della provincia di Siracusa, più o meno.»

«Vabbe', e io so parlare il dialetto barese... *giuggiulena*? Mica è quel dolce...»

«... il torrone coi semi di sesamo.»

«Sì. Ci arrivava il pacco a Natale, da Noto. Ce lo mandava Concettina.»

«La figlia di Mammela, appunto.»

Gianrico continua a sfogliare il quaderno, poi si ferma su una pagina. Mi giro a guardarlo, per un istante, e sembra assorto.

«Qui c'è la ricetta della torta di ricotta!»

«C'è scritto torta di ricotta?»

«Sì...»

«Allora è lei.»

«Cioè, la mitica torta di ricotta. In altri termini il Graal.»

«Sì, e noi siamo i predatori dell'arca perduta.»

«Noi siamo Stanlio e Ollio.»

«Questa non era male.»

«Ma perché si è scritta la ricetta della torta di ricotta se non ha mai fatto un dolce in vita sua? Vantandosene, tra l'altro.»

«Che c'entra, ha ricopiato le ricette di Mammela, quella è un'operazione filologica.»

Mammela, mamma Carmela, seguì la famiglia di mia madre dalla Sicilia, portando con sé Concettina, sua figlia. Se uno dovesse cercare una parola di uso comune per definire il suo ruolo, potrebbe dire governante. Sarebbe però un'espressione inadeguata, che mamma rifiuterebbe con decisione. Mammela era Mammela, il nume tutelare della casa.

C'è tutta una mitologia familiare che parla dei piatti e dei dolci di mamma Carmela e al centro di questa mitologia c'era appunto la torta di ricotta, risultato di un'ibridazione spericolata tra la pasticceria popolare siciliana e quella pugliese.

«Dobbiamo portare il quaderno delle ricette a mamma.»

«Mi è venuta un'idea migliore.»

«Sarebbe?»

«Le portiamo il quaderno, e le portiamo la torta di ricotta.»

«In che senso?»

«Nel senso che la prepariamo noi.»

«Tu sai fare la torta di ricotta?»

«No. Ma adesso abbiamo la formula.»

Lo dice battendo due dita sul quaderno nero. Io sorrido, e per una volta siamo d'accordo, senza discutere.

Gianrico

Francesco parcheggia l'auto a metà strada fra casa sua e casa mia, davanti alla bottega dove tanti anni prima c'era la tabaccaia.

Abitiamo a pochi isolati di distanza, nel quartiere murattiano, ed è incredibile quanto poco ci si veda, pur vivendo così vicini. È un territorio, il quartiere Murat, solcato da linee ortogonali che di notte accentuano la solitudine dei passanti, ridotti a figure minuscole nella prospettiva lunga delle strade. Di giorno, visto dall'alto, è un plastico della Lego con gli omini Playmobil e le macchinine in fila dentro i percorsi obbligati del traffico.

Anche la casa in cui siamo cresciuti è all'interno di questo grande quadrilatero dove, quando eravamo ragazzi, tutto era a portata di mano. A passeggiarci adesso, la sera, riemergono i suoni di

allora, e i volti lontani dei commercianti, delle persone che abitavano e che lavoravano qui, e che oggi
sono quasi tutti scomparsi.

Ambrosini il giocattolaio, per esempio. Il suo negozio sembrava il mondo magico di certi cartoni
animati della Disney, con quel profumo di soldatini
e treni elettrici che metteva euforia e lasciava un
poco storditi. Piccolo di statura, si muoveva come
uno scoiattolo, tra scale e sgabelli e, dalle pile di
contenitori che arrivavano fino al soffitto, tirava
fuori con destrezza la scatola giusta, con gli anima-
letti, le automobiline o gli indiani con l'arco.

Colino, il gelataio che preparava solo tre gusti,
cioccolato, caffè, nocciola e una panna morbida,
compatta e zuccherina. Un cono costava cinquanta
lire; cento se volevi razione maggiorata di gelato e
la doppia panna. Adesso i gusti sono molti di più e
nella gelateria, che è uguale a quella di allora, c'è il
figlio, che è *identico* a suo padre, in modo inquie-
tante. Tanto che se passi lì davanti un po' distratto,
ti capita di chiederti come faccia il vecchio gelataio
a mantenersi così in forma. Nonostante gli anni, e i
decenni che passano.

Mimma, la ceramista. Aveva due bracchi tedeschi
molto socievoli e a volte ci lasciava entrare nel suo
grande laboratorio, dove c'era un odore intenso di

argilla e di umidità, e ci permetteva di guardare mentre realizzava le sue opere: bassorilievi, statue, oggetti vari. A me piaceva soprattutto la creazione dei vasi. Passavamo delle ore contemplando il tornio che girava, ipnotico, e i vasi che prendevano forma fra quelle mani rapide ed esperte.

Sabino, il meccanico con la faccia da bulldog che truccava i motorini aumentandone la cilindrata – illegalmente, ovvio – e rendendoli micidiali strumenti di lavoro per gli scippatori di tutta la città.

Il maestro cartapestaio leccese di cui non ho mai saputo il nome, che faceva le statue dei santi, per le chiese. Aveva la bottega in via Putignani, proprio nell'isolato di casa nostra. Mi ricordo quei fogli di giornale e gli stracci ammucchiati, che sarebbero diventati materia da plasmare; l'odore – a volte il fumo – denso e composito del forno, della creta usata per i calchi, della colla; le statue di cartapesta quasi pronte, a grandezza naturale, messe sul marciapiede ad asciugare.

E poi, appunto, c'era la tabaccaia, che stava proprio qua, dove adesso abbiamo parcheggiato la vecchia Mini.

La tabaccaia mannara.

Era alta circa un metro e cinquanta, secca e con gli occhi diritti, penetranti. Aveva un'età indefinibile. Vestiva sempre di nero, inverno ed estate, e sembrava che non si cambiasse mai d'abito. Forse era così. Sulla testa portava una retina sottile e la sua unica concessione alla vanità femminile era un vistoso diamante di vetro, che fissava con uno spillone la crocchia sulla nuca. Non aveva un solo capello bianco e a volte ci chiedevamo se quella chioma nera e stopposa non fosse in realtà una parrucca, e se quella donna non fosse in realtà un uomo che viveva travestito per chissà quale misterioso, terribile motivo.

Abitava in un basso, nella corte interna del palazzo di nonna Italia, con la sola compagnia di un vecchio pastore tedesco e di due gatti, liberi di scorrazzare nel cortile.

La spiavamo spesso, ben nascosti dietro alle persiane della cucina di nonna. A meno che non facesse davvero freddo, cenava fuori, accanto alla porta finestra che si affacciava sul cortile. Mangiava quasi sempre maccheroni con la salsa di pomodoro, tenendo il piatto in mano e pronunciando, tra un boccone e l'altro, brevi litanie incomprensibili, con voce cavernosa. Finita la pasta ripuliva il piatto con un grosso pezzo di mollica di pane che portava alla bocca con un gesto vagamente osceno. Nel suo stesso piatto, subito dopo, versava il contenuto di

un barattolo di cibo per cani e poi faceva un fischio, netto e tagliente. Il pastore tedesco arrivava
scodinzolando, mangiava anche lui e si appisolava
soddisfatto mentre la sua padrona si accendeva un
mezzo toscano e se lo fumava tutto, sciorinando
altre melodie gutturali. Erano dei sortilegi, ne ero
sicuro; e quando lei rientrava in casa – un antro
buio del cui interno non si riusciva a distinguere
nulla – me la immaginavo intenta alla preparazione
di fatture e di pozioni malefiche.

Quella vecchia – ma, appunto, non lo so se fosse
vecchia davvero – sembrava uscita da una favola
nera dei fratelli Grimm e per anni, anche dopo
che non c'erano più né lei né la tabaccheria, anche
dopo la fine della mia infanzia, è venuta a trovarmi
di notte, in alcuni dei miei incubi più gotici.

Vendeva sigarette, fiammiferi, sale da cucina,
francobolli e un repertorio limitato di gomme da
masticare, caramelle, merendine di marche sconosciute. Il locale era angusto e arredato solo da un
banco e un telefono a gettoni. I rapporti con gli
avventori erano limitati alla consegna, muta, della merce e al passaggio di danaro. Metteva i soldi
in un cassetto del banco che richiudeva ogni volta.
Era tutto vecchio, grigio e triste, lì dentro. L'unica nota vivace era un grande vaso di vetro pieno

di giuggiole di tutti i colori, ricoperte di zucchero. Per raccoglierle bisognava usare una specie di
mestolo affusolato. Erano le giuggiole più buone
del quartiere – migliori, e più costose, di quelle
che si vendevano al chioschetto vicino alla scuola
Garibaldi e che avevano tutte lo stesso sapore di
gomma e aromi artificiali. Quelle della tabaccaia sa-
pevano veramente di arancia, di amarena, di limone, di fragola, di liquirizia ed era per via di quelle
giuggiole che eravamo disposti a entrare lì dentro,
nonostante la paura.

Un giorno mamma ci mandò a comprare due
chili di sale. Di regola ero io a fare quelle commis-
sioni, Francesco era troppo piccolo. Non so dire
perché, quella volta, ci andammo insieme.

Quando entrammo la donna era immobile e osser-
vava, come sempre, un punto imprecisato del muro.
Mio fratello si guardava attorno con un'aria stranamente febbrile, che avrebbe dovuto insospettirmi.
La vecchia si girò e scomparve sotto il banco per
recuperare i due pacchi di sale che le avevo chiesto.

«E lì hai fatto la cazzata» dico a mio fratello,
mentre scarichiamo le buste dalla macchina.

«Non so che mi ha preso in quel momento. È
stato un raptus.»

«Bugiardo. Quando siamo entrati lì dentro avevi già deciso.»

«Che dici?»

«Mi avevi chiesto se con il resto ci potevamo comprare le giuggiole e io ti avevo risposto che avevamo i soldi contati. Appena quella si è girata ti sei messo sulle punte e hai preso il mestolo.»

«Io non mi ricordo quasi niente, davvero.»

«Dite tutti così.»

«Tutti chi?»

«Era una battuta. Tutti gli imputati negano o dicono di non ricordare. Sai, una cosa che dovrebbe far ridere, la prossima volta metto i sottotitoli. Comunque sia, *io* mi ricordo molto bene. Hai infilato il mestolo nel barattolo e hai tirato fuori un gruzzolo di giuggiole, poi le hai ficcate in tasca e hai rimesso il mestolo a posto, prima che la strega si rialzasse. Un lavoro pulito, pensavi.»

La tabaccaia riemerse con le due scatole e le posò sul banco. Io ero atterrito all'idea che potesse essersi accorta di qualcosa. Cercando di apparire disinvolto ed evitando di guardare mio fratello, le diedi i soldi. Lei, tenendoci gli occhi fissi addosso, mise le monete nel cassetto.

"Ora però dovete pagare le giuggiole."

Scandì lentamente le parole e mi gelò il sangue. Non aveva quasi mosso le labbra, sembrava che il suono venisse da un altro corpo e gli occhi rimasero inespressivi. Era calma, e questo rendeva il tutto ancora più pauroso.

«Ti avrei spaccato la testa per come mi avevi messo in quella situazione del cazzo. Cominciasti a balbettare: "Certo, vado fuori... fuori c'è papà... vado a farmi dare i soldi, quanto... quanto devo, quanto dobbiamo?".»

«Questo me lo ricordo. Voleva cento lire per tre o quattro giuggiole, quella strega ladra.»

«Non per fare questioni capziose, ma le giuggiole erano parecchie e a rigore il ladro eri tu.»

«Ero piccolo, non ho mai più rubato niente in vita mia, neanche un pacchetto di gomme in un supermercato.»

Ero impietrito e passarono alcuni secondi interminabili. Poi ci disse che dovevamo rimettere a posto quello che avevamo *rubato* se non avevamo i soldi. Lo disse con calma, senza scomporsi. Gli occhi gelidi e immobili come quelli di un gufo.

Francesco, con il labbro inferiore che gli tremava, tirò fuori dalle tasche le giuggiole e, a una a una, le rimise a posto.

Scappammo via e non trovammo mai più il coraggio di entrare in quel posto. La tabaccaia morì forse un anno dopo il furto – il *tentato* furto – delle giuggiole. La bottega rimase chiusa per parecchio tempo. Il vecchio pastore tedesco aspettò alcuni giorni dinanzi alla porta sul cortile, rifiutando il cibo che qualcuno gli portava. Un giorno sparì, anche lui. Nessuno ha mai più abitato quella casa. Adesso è un deposito di chissà cosa.

«Faccio io la spesa?»

«Va bene, prenditi il quaderno.»

«E vieni a casa mia alle undici domani.»

«D'accordo.»

«Sai una cosa?»

«Cosa?»

«Mi piace questa idea che ci è venuta.»

Lascio passare qualche secondo, prima di rispondere.

«Anche a me» dico alla fine, prima di avviarmi verso casa.

Francesco

Abito al terzo piano di un palazzo del primo No-
vecento, al confine con il quartiere Libertà. L'an-
drone è inondato di luce, le scale sono ampie e le
ringhiere si curvano in piccole volute liberty.

Una mia amica dice che le ricorda certe case
dell'Havana, con le porte sui ballatoi illuminati e i
colori chiari: bianco, panna, giallo.

Un'altra cosa che ho amato subito di quest'ap-
partamento sono i pavimenti, cementine decorate
in forme e colori differenti, per ogni stanza. A volte
mi fermo a guardarle e mi perdo nei giochi ottici
delle geometrie, come in un disegno di Escher.

Aspetto Gianrico per le undici.

Stamattina ho fatto la spesa, ho comprato tutto quello che serve, spero. Gli ingredienti, gli
attrezzi e le scodelle sono in fila, sul tavolo di

legno. Sento addosso un formicolio, lo stesso che mi veniva prima di un esame. Anzi, non proprio lo stesso, c'è una nota diversa, che non riesco a distinguere.

Suona il citofono.

Gianrico entra in casa cacciando fuori l'aria, come dopo una serie di esercizi sulla panca. Ha il vizio atletico di farsi i tre piani di corsa, due scalini alla volta.

«Tutto bene?» gli chiedo.

«Sì. Il quaderno?»

«È qui.»

Gianrico tira fuori dalla borsa un portatile, una maglietta di Emergency, e la busta rosa dei fumetti. Ieri ha insistito per tenerla lui, giurando che non ci avrebbe nemmeno provato ad aprirla. La posa sulla libreria.

«A che ti serve la maglietta?»

«Ci sporcheremo.»

«Dici che ci sporcheremo?»

«Dico di sì.»

Adesso riguardo il quaderno, mentre lui si cambia e si lava le mani. I fogli sono a quadretti rossi, la grafia di mamma quella di sempre. Scorro le altre ricette e ritrovo nomi che suonano familiari, e lontani: *piliddi affucatieddi, pastizzu c'a jta, vastidduzzi, stigghiola, sfinciuni, cuddureddi e lolli.*

Alla pagina con il numero 21 c'è la torta di ricotta, che Mammela faceva sempre a Natale. Il titolo è sottolineato con due tratti grossi di matita, rosso e blu, la matita che mamma usava per correggere i compiti.

«Allora?» dice Gianrico.

«Niente. Stavo pensando una cosa.»

«Cosa?»

«Anche noi mangiavamo la torta di ricotta a Natale, però a Bari la pastiera si mangia a Pasqua.»

«Che c'entra, quella è la pastiera napoletana.»

«Gli Spadavecchia erano napoletani.»

«Sì, ma che c'entrano adesso gli Spadavecchia?»

«Si chiama associazione di idee. Mi è venuta in mente quell'assurda Vigilia di Natale.»

«Perché mangiammo la torta di ricotta?»

«No, ma...»

«E comunque loro erano di *origine* napoletana, in realtà erano strabaresi.»

«Chissà perché mamma e papà accettarono quell'invito.»

A Bari il pranzo di Natale dura due giorni, quasi tre. Si comincia con la cena della Vigilia e si finisce la sera di Santo Stefano.

Tutto ha inizio la notte del 23 dicembre.

Negli anni Settanta dalle parti di casa c'era un grande mercato rionale, la notte del 23 dicembre restava aperto fino al mattino della Vigilia.

Arance e mandarini, mele gialle e rosse, peperoni tricolori, cipolle magenta, melanzane bluette e datteri cremisi scintillavano fra gli addobbi a ghirlanda sotto la luce delle lampade a padella sospese sui banchi. Forme accatastate di formaggi stagionati e di ricotta marzotica, mozzarelle e scamorze, salami e salsicce nei colori saturi di un quadro fiammingo. Vassoi stracolmi di dolci, calzoncelli, sassanelli, torrone, fichi secchi mandorlati e ricoperti di cioccolato. Cozze, vongole, ostriche, triglie, saraghi, polpi e grovigli di anguille guizzanti. E ancora, noci, nocelle, mandorle, pistacchi, pinoli, olive verdi in calce, olive nere, olive greche, fave, datteri e lupini. Tutto disposto in piramidi perfette, dalle quali sembrava impossibile rimuovere un solo elemento senza far crollare il resto. C'erano le grida allegre o sguaiate degli ambulanti, il fragoroso brusio della folla e soprattutto gli odori, tutti quegli odori insieme, mescolati in una formidabile ratatouille olfattiva.

La mattina dopo ci si riversava di nuovo in strada, per le ultime compere o anche solo per incontrare gli amici e per farsi vedere, in un viavai interminabile lungo le strade del centro.

Poi, intorno alle sedici e trenta al massimo, succedeva qualcosa.

La città era percorsa da un fremito, attraversata da una brezza inquieta e improvvisa, e le strade si svuotavano di colpo. Alle cinque non c'era più nessuno, e poco dopo, più o meno all'ora della merenda, irrompevano sulle tavole dei baresi gli spaghetti con il sugo di gronco, i frutti di mare, gli spiedini di capitone e alloro, il baccalà, i pesciolini fritti e sott'aceto. E poi finocchi e sedano, frutta secca, arance candite e mandarini. Infine *cartellate* al vin cotto, al miele, paste di mandorle, castagnelle, paste reali e nocciole caramellate.

Panettone e pandoro – che a quel punto nessuno riusciva a mangiare – arrivavano puntuali quando in televisione terminava il cartone animato di Walt Disney.

Questo succedeva nella maggior parte delle case dei baresi. Non a casa nostra, e neanche in quella degli zii, dai quali trascorrevamo in modo più sobrio la sera del 24.

Niente capitone, baccalà e frutti di mare. Un buffet, pizze rustiche, sandwich – squisiti a dire il vero – e dolci, tra i quali proprio la torta di ricotta.

Fino a quella sera a casa degli Spadavecchia, della tipica, mitica cena della Vigilia avevamo soltanto sentito parlare.

«Non mi sono mai dimenticato una cosa che successe proprio quella sera.»

«Il bambino che piangeva?»

«Sì.»

Mamma e papà erano usciti prima per fare gli auguri ai nonni, avevamo appuntamento alle diciotto in punto, sotto casa degli Spadavecchia, che abitavano a quattro isolati da noi. Via Putignani era deserta, si sentivano i primi botti. Vedemmo un bambino, doveva avere sei o sette anni, era appoggiato al muro accanto al panificio San Rocco e piangeva, singhiozzava, senza fermarsi, con il moccio al naso. Eravamo in ritardo quindi gli passammo davanti, senza dire niente e senza guardarci. Girato l'angolo, dopo una cinquantina di metri ci fermammo, ci voltammo indietro e ci mettemmo a correre. Era Natale, accidenti, quel bambino era solo e piangeva. Dovevamo aiutarlo.

Quando arrivammo al panificio, ci guardammo intorno, il bambino non c'era più.

«Di tanto in tanto ci penso ancora a quel bambino, e mi sento in colpa.»

«Anch'io.»

«Ma che anno era?»

«Il '75.»

Dicembre del 1975.

Nel mondo succedono queste cose:

– il 1° dicembre a Roma il Consiglio europeo decide la data della prima elezione a suffragio universale diretto del Parlamento europeo, che avverrà nel mese di giugno del 1979;

– il 10 dicembre a Stoccolma viene assegnato il Nobel per la letteratura a Eugenio Montale e quello per la medicina a Renato Dulbecco;

– il 13 dicembre a Parigi Carlos Monzón si conferma campione del mondo dei pesi medi battendo per KO Gratien Tonna, di sette anni più giovane;

– il 18 dicembre alle 16.45 squilla il telefono. Risponde mamma. Alle 16.55 esatte riunisce la famiglia in salotto e comunica che i coniugi Spadavecchia hanno formulato un invito ufficiale a cena per la Vigilia di Natale.

Non avevamo alcuna frequentazione con quella famiglia. Nel corso dell'ultimo anno, però, i gemelli Spadavecchia, che studiavano ingegneria e non erano esattamente delle menti brillantissime, avevano preso lezioni di analisi matematica da papà e alla fine, dopo il terzo appello, erano riusciti a superare l'esame. Papà, come d'abitudine, non si era fatto pagare. Così era arrivato l'invito, evidentemente una maniera di disobbligarsi.

Io e Gianrico provammo in tutti i modi a fare resistenza – "Ma chi li conosce, che ci facciamo lì la sera di Natale?" –, mamma disse che ormai aveva accettato, non potevamo tirarci indietro, e che magari, chissà, per una volta potevamo passare una Vigilia diversa dalle altre. Tra l'altro la Spadavecchia aveva fama di gran cuoca, avremmo mangiato benissimo.

Alle diciotto e sei minuti del 24 dicembre 1975 pigiai il campanello di casa Spadavecchia. Venne ad aprire il signor Giulio, proprietario di un negozio di ferramenta, con il suo bel gilè scozzese. Abbracciò tutti, a colpi di pancia, poi ci fece entrare e ci presentò alla famiglia. C'erano zii, cugini, parenti vari e una coppia di Basset Hound.

La signora Spadavecchia ci venne incontro raggiante, col suo abito in terital, la permanente e un effluvio di talco mentolato. Era felicissima che fossimo a cena da loro. Anche mamma disse che era felice. La casa era satura di odori concreti non del tutto rassicuranti.

Poco dopo, il signor Giulio invitò tutti ad accomodarsi a tavola. Mentre stavamo prendendo posto dissi a Gianrico che volevo scappare via.

Spadavecchia illustrò punto per punto il menu della serata.

Spaghetti con il sugo di gronco, frutti di mare, spiedini di capitone e alloro, baccalà, pesciolini fritti e sott'aceto. E poi finocchi e sedano, frutta secca, arance candite e mandarini. Infine *cartellate* al vin cotto, al miele, paste di mandorle, castagnelle, paste reali e nocciole caramellate.

Per chiudere i rosoli. Il limoncello, il liquore al mandarino, all'alloro e al cioccolato.

Tutto secondo il protocollo, dunque.

La signora Spadavecchia irruppe nel salone con un'enorme zuppiera Richard Ginori.

Di quella serata mi ricordo nell'ordine:
– papà che mangia tutto con soddisfazione socializzando con il padrone di casa, grazie anche

a numerosi bicchieri di vino, prima bianco e poi rosso;

– Gianrico che gli fa schifo il capitone e ne fa scivolare un pezzo dal piatto dentro la pianta di begonia;

– mamma che viene costretta dalla Spadavecchia a ingoiare una seppiolina cruda, prima e ultima volta nella sua vita.

In effetti mi ricordo anche di Fiorella, la cugina dei gemelli Einstein, dotata di una quinta di reggiseno. Era più grande di tutti noi maschi, aveva quindici anni.

In un modo o nell'altro – eviterei i dettagli – la cugina Fiorella è rimasta, a lungo, per me, l'immagine più ricorrente della cena della Vigilia.

A mezzanotte eravamo stravolti. Appena spuntarono fuori la tombola e le carte del Mercante in Fiera, mamma fece un balzo e disse che sì, grazie, magari un altro giorno volentieri, ma dovevamo proprio andare, c'erano le telefonate da fare ai parenti, mettere Gesù Bambino nel presepe – era una tradizione a cui non voleva rinunciare – e tutto il resto. Grazie, è stata una bellissima serata, complimenti complimenti, certo che ci rivedremo. Presto. Sicuro. Per strada, prima che qualcuno di noi aprisse bocca, mamma con un tono che non ammetteva repliche disse: "Va bene, stasera è andata così. Non ricapiterà. Discorso chiuso".

Rientrammo a casa a mezzanotte e ventotto minuti, e quella, come dicevo, fu l'unica volta che sperimentammo l'autentica tradizione natalizia barese.

«Ma tu li hai mai più visti gli Spadavecchia?»

«Vuoi dire i geni gemelli? Mai più visti.»

«Vabbe', diamoci da fare.»

«Direi di sì.»

«Dunque vediamo… elenco ingredienti, controlliamo se abbiamo tutto.»

«Allora… che c'è scritto qui? Leggi tu che conosci la lingua.»

Mi passa il quaderno. Lo apro alla pagina 21. Tutto è scritto con ordine, lo avevo notato subito, con gli accapo e un confine ideale di allineamento. Si alternano parole italiane e altre che traducono il suono di quelle sicule. Mamma ha ricopiato le preziose ricette di Mammela rispettando anche gli errori di ortografia.

«Ricotta… di *muccha*. Con l'acca. Sì, ricotta di mucca, un chilo.»

«C'è.»

«*Quattru uova frische.*»

«Frische. Ci sono.»

«*Limiuni... una scorza ri limiuni grattata.*»

«I limoni sono qui.»

«*Una scorza grattata ri portuallu.*»

«Di che?»

«Portogallo, sarebbero le arance.»

«Ah, ecco, se mi traduci all'impronta è meglio. Ce l'abbiamo.»

«*Rucientu grammi di zuccuru*, duecento.»

«Zucchero. Eccolo.»

«*Unu cucchiaru* di va... va... cavolo, che c'è scritto qui?»

«Fai vedere... valigia? Io leggo valigia.»

«Mica una brutta idea. Mettiamo tutto in valigia. Vaniglia! C'è scritto vaniglia. Un cucchiaio di vaniglia. Poi cannella in polvere, un cucchiaio pure di questa.»

«Ce l'abbiamo.»

«Cinquecento grammi di pasta frolla.»

«Sì, o meglio quella la dobbiamo fare, ma gli ingredienti sono a parte.»

«Cioccolato fondente, *a pizzuddi*, a pezzetti. Frutta candita. *Marmillata di marena*, con le amarene intere snocciolate.»

«E ci stanno. Ah, ho portato il cioccolato di Modica, ce l'avevo a casa.»

«Qui non c'è scritto di Modica.»

«Vabbe', facciamo una piccola variante.»

«Ok. Finiti.»

«Finiti, sicuro?»

«Sicuro. Poi cominciano le istruzioni.»

«Va bene. Prima di iniziare ci facciamo un caffè?»

«Non ce l'ho il caffè, pressappoco da quando non ho più una sigaretta.»

«E cos'hai?»

«Tisane. Al tiglio, melissa, verbena, finocchio, mirtillo. Quante ne vuoi.»

«Mi prendi per il culo?»

«Perché?»

«Va bene, facciamo 'sta torta.»

Mi viene in mente quando giocavamo da piccoli. Il momento più bello era proprio quando stavamo per cominciare, seduti sul pavimento, con i giocattoli schierati sul tappeto giallo.

Cominciamo dalla pasta frolla. Prendo la farina, il burro appena tolto dal frigo e un pizzico di sale. Metto tutto nel mixer. Gianrico versa sul tavolo l'impasto e aggiunge lo zucchero e la vaniglia.

«Leggi un po'...»

«Adesso viene il bello. *Iunciri quattru giallu d'o-va sopra u muntarozzo e arriminari.*»

«Bene. Adesso ridimmela in italiano, cortese-mente.»

«Aggiungere quattro tuorli d'uovo sulla cosa... sulla montagnetta e mescolare.»

Gianrico, dopo aver versato le uova, comincia ad affondare le mani nella massa. È una bella sen-sazione, gli ricorda di quando da bambino affon-dava le mani nella plastilina, dice. Quando l'impa-sto è diventato una specie di palla, ci gioco un po' anch'io e poi la avvolgo nella pellicola trasparente. La metto in frigo.

«Deve riposare almeno mezz'ora.»

«Riposa in frigo?»

«Sì.»

Mentre aspettiamo guardo mio fratello, è al te-lefono.

Penso ancora una volta che siamo così diversi. E di nuovo mi torna in mente una cosa, dal passato.

«Ti ricordi di quando hai fatto a botte con Pinto?»

«Cosa?»

«Quella volta che hai fatto a botte con Pinto, forse avevi tredici anni.»

«Come ti viene?»

«Non lo so.»

«Pinto... chissà che fine ha fatto. Venticinque anni più tardi me lo sono ritrovato in un processo per rapina. E cosa ti ricordi?»

«In realtà non tutto, alcune cose si confondono. Eravamo nell'isolato di casa e lui, che faceva sempre il bullo, ci spintonò, poi mi sputò sul cappotto. Tu avevi iniziato a fare judo da qualche mese, mi pare, e non ti sembrò vero di potermi dire quello che mi dicesti.»

«Cosa dissi?»

«"Vattene a casa, ci penso io."»

«Ti dissi di andartene a casa?»

«Sì, e quella cosa lì, tipo: ci penso io a questo.»

«E poi?»

«Io mi avviai verso casa e voi iniziaste a darvele. Ma, man mano che camminavo, mi sentivo sempre più in colpa, mi sentivo un vigliacco. Non capivo bene se ci stavi pensando tu a quello oppure era lui che stava pensando a te. Eravate arrotolati per terra e ve le davate, sentivo i rumori, gli schiaffi, gli sputi. Allora non ce la feci più, mi girai e tornai indietro, mi misi a correre verso di voi urlando come un pazzo. Non avevo nessuna idea di quello che avrei fatto, di quello che avrei potuto fare, ma urlavo come un pazzo.»

«E che successe?»

«Una cosa magica, una specie di sortilegio. Vi fermaste tutti e due. Mi guardaste spaventati. Io ero a due passi da voi e continuavo a urlare. Uno strillo infinito assordante, mentre mi veniva da piangere. Così, lentamente vi alzaste e, senza dire più niente, lui si allontanò e sparì dietro l'angolo. Per settimane ho pensato di avere una specie di superpotere, lo strillo che immobilizza, qualcosa del genere.»

Sono passati quaranta minuti. Gianrico prende la massa, toglie l'involucro e impugna il matterello, comprato per l'occasione.

«Lo sai usare?»
«No.»
«Ok, vai.»

Dopo qualche esitazione, lo sa usare. Stende una sfoglia sottile.

«Ho sempre desiderato farlo.»

Poi ne mette da parte un po', per decorare la torta. Quando la pasta è stesa, la modello in un cerchio di circa venticinque centimetri. Insieme, con attenzione, disponiamo la pasta nella tortiera imburrata e infarinata. Poi passiamo alla crema.

In una scodella mescolo la ricotta, le uova, la vaniglia, lo zucchero e la polvere di cannella. Oltre alle scorze di arancia, di limone e di cedro.

«Ora versare la crema di ricotta che avete in precedenza portato a bollore.»

«C'è scritto così?»

«No, c'è scritto: *Vuggiri a crema di ricotta e iettatela rintra u tianu.*»

«Ah, ecco.»

Gianrico aggiunge le scaglie di cioccolata, la frutta candita, qualche amarena intera e l'uva sultanina. Dopo aver piegato i bordi della pasta frolla verso l'interno, faccio dei cordoncini con la parte restante e li intreccio sulla superficie. Non è male, a vedersi. Scatto una foto con lo smartphone, perché quando mi ricapita di fare la torta di ricotta? Poi Gianrico infila il tegame nel forno già caldo.

«Non è stato così difficile, no?»

«No, direi di no.»

«Insomma, alla fine ci siamo divertiti.»

«Sì. Però poi mi dai una mano a mettere in ordine.»

«Quanto deve rimanere nel forno quella cosa?»

«Un'ora. Poi bisogna lasciarla raffreddare per bene e sventagliarla di zucchero a velo.»

«No, per capire, ma sventagliare lì, in sanscrito, com'è scritto?»

«*Jittari*. Sarebbe gettare, prendo qualche licenza.»

«Bene. Adesso possiamo riposarci, per un'oretta.»

«Un'ora è sufficiente per lavare i tegami e rimettere a posto la cucina.»

«Ecco, appunto.»

Quando Gianrico tira fuori la crostata dal forno, mi viene quasi da ridere, come quella volta che riuscimmo a far funzionare il Dolce Forno delle cugine. La torta è alta, profumata, dorata al punto giusto.

La posa su un piano di marmo in cucina, per farla raffreddare. Poi io prendo la fotocamera e la imposto su autoscatto. Voglio che questa foto venga bene.

Ci mettiamo lì, dietro il piano di marmo, mentre scatta il flash.

La torta di ricotta è in un piatto, adesso, avvolta da un grande panno da cucina bianco e rosso, come quello che usava nonna Maria per la pasta al forno.

Siamo pronti per andare da mamma. Fuori ha cominciato a piovere, una pioggia sottile, silenziosa. Non so perché, mi mette allegria.

Ultimo

«Però dopo la apriamo?»

«Cosa?»

«Dico la busta. Adesso portiamo la torta a mamma, poi torniamo qui e la apriamo.»

«Boh, non lo so.»

«Non lo sai cosa?»

«Non lo so. Forse è meglio lasciarla così?»

«Lasciarla chiusa?»

«Lasciarla così.»

«E se dentro c'è il Dottor Destino?»

«Secondo me *c'è* il Dottor Destino.»

«Tu dici?»

«Sono sicuro.»

«Allora la lasciamo così?»

Appendice

Sette pezzi facili (più o meno)

Ce l'hanno chiesto. Fare un'appendice di questa storia con un piccolo ricettario.

Abbiamo discusso parecchio – quali ricette scrivere, quante scriverne, secondo quale criterio: primi, secondi, dolci, pizze? – e alla fine abbiamo raggiunto un accordo: sette primi piatti per sette giorni. Sono ricette che, in un modo o nell'altro, compaiono nel racconto, piacciono a entrambi, appartengono alla tradizione – popolare o familiare – e sono tutte relativamente facili. A parte l'ultima, forse.

Eccole, nella nostra personale interpretazione.

Ciallèd

La cialda barese, detta anche *ciallèd*, è un tipico piatto contadino. Somiglia un po' alla panzanella fiorentina. È una ricetta facile, la può fare chiunque, ed è buonissima.

Per 4 persone ci vogliono 4 patate bollite, 8 pomodori da insalata, 2 cetrioli, 2 cipolle rosse di Acquaviva (vanno bene anche quelle di Tropea), olio extravergine d'oliva, sale, origano, alcune foglie di basilico e un paio di foglie di menta. Poi 2 tranci di tonno al naturale, quello in vetro, non in lattina (ma questa è una piccola fissazione di tutti e due). Invece del tonno, per garantire al piatto il necessario apporto proteico è possibile usare del formaggio fresco primo sale o un pecorino non stagionato.

Ah, e poi ci vogliono anche 4 friselle, possibilmente d'orzo.

Per la definizione di *frisella* possiamo senz'altro affidarci a Wikipedia che, in questo caso, è ineccepibile: «La frisella è un tarallo di grano duro (ma anche d'orzo o in combinazione secondo varie proporzioni) cotto al forno, tagliato a metà in senso orizzontale e fatto biscottare nuovamente in forno. Ne consegue che essa presenta una faccia porosa e una compatta. Importante è distinguere tra la frisa e il pane: la frisa infatti non è un pane, in quanto è cotto due volte (bis-cotto)».

Dunque, cominciamo.

Lavate i pomodori e tagliateli in quattro parti, pulite e affettate i cetrioli (potete anche non sbucciarli, la buccia del cetriolo è ricca di fibre e di minerali benefici); affettate la cipolla rossa e lasciatela in acqua per un quarto d'ora; fate bollire le patate, lasciatele raffreddare, sbucciatele e tagliatele a fettine; inumidite a parte le friselle d'orzo.

In una ciotola capiente versate i pomodori, la cipolla affettata sottile, i cetrioli, le patate, il tonno (oppure i tocchetti di formaggio), un po' di sale e origano; infine versate l'olio. Mescolate gli ingredienti e lasciate che i sapori si armonizzino, per almeno quindici minuti. Versate nelle scodelle dove avrete già messo la frisella d'orzo inumidita con acqua tiepida e aggiungete basilico e/o menta, a seconda dei gusti.

Un'ulteriore possibilità è adoperare, al posto della frisa, il pane di Altamura o di Laterza, leggermente raffermo.

Orecchiette con le cime di rape

Il titolo è uno solo ma in questo caso le ricette sono tre.

Orecchiette e rape e orecchiette e cavoli verdi sono ricette che si assomigliano dal punto di vista della preparazione, anche se i sapori sono alquanto diversi. Le orecchiette e rape sono intense e amarognole; le orecchiette e cavoli verdi sono più dolci e delicate.

Cominciamo con le classiche orecchiette e rape.

Per 4 persone gli ingredienti sono 400 grammi di orecchiette fatte in casa, mezzo chilo di rape pulite dal verduraio (se vi piace pulirle voi stessi – i gusti sono gusti – allora prendetene un chilo), 4 o anche 5 cucchiai d'olio extravergine d'oliva, uno spicchio d'aglio, peperoncino quanto basta, 6 cucchiai di pan grattato, 6 acciughe sott'olio grandi (oppure 8 piccole).

Mettete in una pentola, larga e bassa, l'olio, l'a-
glio, il peperoncino e le acciughe sminuzzate e scal-
date a fuoco lento per non più di un minuto. Nel
frattempo lavate le rape, scolatele appena e mettetele ancora gocciolanti nella pentola dove si sta preparando il condimento. Coprite la pentola con il coperchio e alzate la fiamma, diciamo a fuoco medio.
Di tanto in tanto girate le rape fino a quando non
sono stufate; per dare un'indicazione meno aleato-
ria, diciamo che ci vogliono circa quindici minuti.

Mentre le rape si stanno stufando, versate un
paio di cucchiai d'olio in una piccola padella, fate
riscaldare per un minuto e poi unite il pan grattato,
che bisogna fare attenzione a non bruciare: questo
passaggio richiede molto occhio. Bisogna girare il
pan grattato nella padella fino a quando non acqui-
sisce una leggera doratura uniforme per poi mettere da parte il pentolino.

Cinque minuti prima della fine della cottura delle rape buttate nell'acqua bollente le orecchiette.
Orecchiette fresche, ripeto, la cui cottura dura cinque minuti. Se non disponete di orecchiette fresche
e volete provarci lo stesso, dovrete rispettare i tempi di cottura indicati sulla scatola.

Appena le orecchiette iniziano a galleggiare sulla superficie dell'acqua, scolatele e versatele nella

pentola in cui le rape stanno finendo di stufarsi. Fate saltare per non più di due minuti, aggiungendo un po' d'olio crudo. Togliete dal fuoco, mettete in una coppa da portata, aggiungete il pan grattato. Rigirate fino a quando il pan grattato non si è ben distribuito, collocandosi perlopiù nell'incavo delle orecchiette – è questo che le rende particolarmente buone. Se necessario, aggiungete ancora un po' d'olio crudo e poi servite.

La medesima procedura può essere adottata per la ricetta – più delicata ma meno intensa – con i cavoli verdi. La sola differenza è che con i cavoli, al momento di stufare, bisogna aggiungere un bicchiere d'acqua. Le foglie delle rape trattengono l'acqua necessaria alla stufatura, i cavoli non hanno le foglie. Per 4 persone, con le stesse dosi per gli altri ingredienti, ci vuole un cavolo verde di medie dimensioni.

Un'ulteriore variante è quella con la pancetta. Questa variante funziona solo con i cavoli verdi e non con le rape ed è adatta a chi non ama il piccante.

Ingredienti per 4 persone: 400 grammi di orecchiette, 5 cucchiai d'olio extravergine d'oliva, una foglia di alloro, mezzo bicchiere di vino bianco, un cavolo verde, 100 grammi di pancetta a tocchetti, 100 grammi di parmigiano.

Versate l'olio, un pizzico di sale, la pancetta e la foglia di alloro in una padella o un tegame basso. Fate rosolare a fuoco medio. Quando la pancetta è rosolata, aggiungete il mezzo bicchiere di vino e continuate la cottura fino a farlo consumare. Nel frattempo lessate il cavolo e toglietelo dall'acqua con la schiumarola quando è ancora molto compatto e al dente. Bisogna stare attenti a che non si sbricioli, altrimenti la ricetta è fallita. Nell'acqua di cottura del cavolo mettete a lessare le orecchiette. Dopo quattro minuti (se stiamo usando orecchiette fatte in casa, altrimenti attenersi alle indicazioni della confezione) ributtate nell'acqua il cavolo e un minuto dopo scolate insieme orecchiette e cavolo, che a questo punto sarà andato in pezzi e sarà ben mescolato con la pasta. Aggiungete il condimento e il parmigiano grattugiato e servite.

Spaghetti all'assassina

Questa ricetta è un'erede diretta delle preparazioni familiari con gli avanzi di pasta, negli anni in cui non si buttava via niente. Se avanzava un po' di pasta al sugo del pranzo e la sera non c'era stato il tempo di fare la spesa, si riscaldava la pasta avanzata in una padella, facendola bruciacchiare e rendendola molto più saporita di quanto non fosse a pranzo.

Gli spaghetti all'assassina sono un'evoluzione della pasta avanzata e bruciacchiata degli anni Sessanta. Questo non è un piatto per chi non ami il piccante.

Gli ingredienti per 4 persone, affamate, sono questi: mezzo chilo di spaghetti, mezzo litro di passata di pomodoro, 4 cucchiai d'olio extravergine d'oliva, uno spicchio d'aglio, sale e soprattutto peperoncino.

La preparazione è solo apparentemente facile e, come si vedrà, richiede una certa sensibilità per le consistenze.

Mentre mettete l'acqua a bollire, preparate un sugo al pomodoro con l'olio, l'aglio, un pizzico di sale e abbondante peperoncino.

Scolate gli spaghetti quando sono molto al dente, direi un po' crudi. Versate il sugo in una padella antiaderente molto ampia (che è il segreto del successo della ricetta); l'ideale addirittura sarebbe un wok. Nella stessa padella, o nel wok, versate gli spaghetti. Mettete la padella su un fornello con la fiamma piuttosto alta e con un mestolo in legno schiacciate gli spaghetti contro il fondo e le pareti della padella, a mo' di frittata, per circa dieci minuti o comunque fino a quando la pasta a contatto con la padella non si sia indurita e bruciacchiata. A questo punto, sempre come se si stesse lavorando una frittata, capovolgete gli spaghetti e ripetete la procedura. L'idea è che, alla fine, si produca una crosta bruciacchiata, mentre all'interno gli spaghetti restino morbidi, ma sempre al dente. Al momento di servire conviene versare su ogni porzione un filo d'olio crudo.

Purè di fave e cicorie

Questo è un piatto della tradizione contadina pugliese. È una ricetta povera, ricca di alimenti nutrienti, che negli ultimi anni è entrata nei menu di molti chef d'alto bordo.

Ci vogliono, per 4 persone, 400 grammi di fave secche decorticate, 400 grammi di cicorielle selvatiche (se riuscite a trovarle), altrimenti cicorie normali (ma non è la stessa cosa), qualche foglia di alloro, una patata, olio extravergine d'oliva, sale e pane di Altamura.

La preparazione è semplice, ma piuttosto lunga. Comincia il giorno prima.

Prendete le fave decorticate e tenetele in ammollo in acqua fredda per una notte intera. Sciacquatele per bene, scolatele e mettetele in una pentola. Riempite con acqua fino a coprirle e aggiungete un paio di foglie di alloro, poi portate a bollore. Le fave devono rimanere a fuoco molto basso, per almeno un paio d'ore. Durante la cottura potete aggiungere alcune fette di patate che renderanno più cremoso il purè. Ricordatevi, di tanto in tanto, di eliminare la schiuma che si forma in superficie nel bollore.

Nel frattempo lavate con cura le cicorie, togliete le radici liberando le foglie e versatele in una pentola d'acqua bollente adeguatamente salata.

Quando le fave sono cotte (ve ne accorgete facilmente perché cominceranno a sfaldarsi da sole), aggiungete un po' di sale, prendete un cucchiaio di legno e mescolate per bene, prima che si raffreddino. Il purè deve rimanere un po' granuloso.

Scolate le cicorie che avrete lasciato cuocere per una quindicina di minuti, lasciando sul fondo della pentola un po' d'acqua di cottura. Tagliate alcune fette di pane di Altamura o di Laterza e sistematele, una per ciascun piatto, senza mescolarle con le cicorie e il purè, che disporrete separatamente nel piatto e in parti uguali e simmetriche. Condite con l'olio.

Quando servite, potete aggiungere sul purè un paio di peperoncini saltati in precedenza, dei tocchetti di pane fritto, della cipolla rossa di Acquaviva tagliata a fettine sottili.

Tre acini d'uva sul purè rendono perfetto l'incrocio di dolce e salato.

Spaghetti alla San Giuannid

È il piatto propiziatorio del solstizio d'estate.
Ne esistono versioni differenti, ma la ricetta base
prevede, per 4 persone: mezzo chilo di spaghetti, 4
filetti d'acciuga, una ventina di pomodorini a grap-
polo, sale, olio extravergine d'oliva, uno spicchio
d'aglio, peperoncino, basilico, olive nere snocciolate e pan grattato.

Fate rosolare in padella lo spicchio d'aglio con
un po' d'olio. Quando sarà dorato, aggiungete
una parte dei pomodorini (che provvederete a
schiacciare nel corso della cottura), una manciata
di olive nere, i filetti d'acciuga scolati in precedenza e asciugati con carta assorbente, un peperoncino tagliato a pezzetti. Sale, quanto basta, e
un pizzico di zucchero per togliere l'acidità dei
pomodori.

Nel frattempo fate bollire gli spaghetti, aggiungendo all'acqua di cottura un filo d'olio. Scolateli quando sono molto al dente e versateli in padella insieme a qualche pomodorino crudo e al pan grattato. Fate saltare il tutto e servite nei piatti con una foglia di basilico fresco.

Se vi piacciono i capperi potete aggiungerli in cottura, insieme a un ciuffo di prezzemolo.

Pasta al forno

Quella che segue *non* è la ricetta di nonna Maria. Quella è roba da professionisti, non pensateci nemmeno. In realtà esiste un numero enorme di varianti della pasta al forno. Il bello di questo piatto, però, è che una volta impadronitisi della tecnica è possibile progredire con ricette più complesse o ideando variazioni personali.

Quella che segue è la ricetta di base. È molto facile e permette di fare un figurone in ogni circostanza.

Servono mezzo chilo di rigatoni, 6 fette di prosciutto cotto o di mortadella, 2 mozzarelle da 100 grammi, un litro di salsa di pomodoro, uno spicchio d'aglio, qualche foglia di basilico, parmigiano grattugiato, pan grattato, 4 cucchiai d'olio extravergine d'oliva, sale, qualche ricciolo di burro o di margarina.

Sbucciate l'aglio, mettetelo in un tegame con l'olio lasciando rosolare un po' e aggiungete la salsa di pomodoro e alcune foglie di basilico. Quando il sugo è quasi pronto, mettete a bollire l'acqua per la pasta e affettate le mozzarelle. Fate cuocere i rigatoni, scolateli quando sono ancora molto al dente e conditeli con il sugo (dal quale avrete rimosso l'aglio) e il parmigiano grattugiato. Ungete una teglia rotonda e disponete un primo strato di pasta, poi uno strato di mozzarella e uno di prosciutto (o mortadella), poi di nuovo la pasta che cospargerete con il pan grattato. Sulla superficie mettete qualche fiocco di margarina o di burro per evitare che il tutto diventi troppo secco durante la cottura in forno.

A questo punto infornate a 200 gradi per almeno quindici minuti. In realtà bisogna avere un po' d'occhio e sfornare quando tutta la teglia è coperta da quella crosta bruciacchiata, che è poi la parte più succulenta del piatto. Se è necessario, utilizzate il grill per qualche minuto.

Riso patate e cozze

Questa ricetta è un po' più complicata delle altre (e infatti l'abbiamo messa per ultima), ma se riesce è di grandissima soddisfazione. La tiella barese di riso patate e cozze è una lontana parente della *paella valenciana* e di altri piatti mediterranei di riso in casseruola.

Per prepararla servono mezzo chilo di cozze, mezzo chilo di patate, 300 grammi di riso carnaroli, 30 grammi di prezzemolo, 3 pomodori grandi ramati, mezza cipolla, uno spicchio d'aglio, 50 grammi di pecorino romano o di parmigiano, 30 grammi di pan grattato, 5 cucchiai d'olio extravergine d'oliva, sale e pepe quanto basta.

Per prima cosa bisogna pulire le cozze all'esterno e metterle per qualche minuto sul fornello con acqua e sale per favorire l'apertura delle valve. Appena le valve si aprono, spegnete immediatamente il fuoco, conservate e filtrate l'acqua di cottura per eliminare eventuali residui di sabbia. Staccate e buttate via la valva vuota di ogni cozza.

Adesso pelate le patate e tagliatele a rondelle sottili; lavate i pomodori e tagliateli a fette rotonde, come le patate. Poi tritate aglio e prezzemolo e affettate la cipolla ad anelli sottili.

Oliate per bene una teglia rotonda con i bordi alti circa 5 centimetri e iniziate a comporre la tiella: prima la cipolla sul fondo, poi le patate, il pomodoro, sale, pepe e il trito di aglio e prezzemolo.

Adesso è il momento di disporre le cozze rimaste nella valva e su di esse il riso crudo in maniera da ricoprire tutta la superficie della tiella. Versate delicatamente l'acqua delle cozze filtrata: servirà a rendere più saporita la preparazione. Poi create un ulteriore strato di patate molto vicine tra loro e sistemate le ultime fette di pomodoro. Aggiungete ancora un po' di sale e pepe, spargete il trito di prezzemolo residuo e versate un cucchiaio d'olio.

Si conclude con la gratinatura: spolverate la superficie della tiella prima con il parmigiano o il pecorino grattugiato e poi con il pan grattato. Versate ancora dell'acqua di cottura delle cozze, badando bene a non raggiungere lo strato di gratinatura.

Infornate a 200 gradi per quaranta minuti, mettendo la tiella nella parte bassa del forno.

Prima di servire lasciate raffreddare la tiella coperta da un panno.

E questo dovrebbe essere tutto.

Più o meno.

I libri di Gianrico Carofiglio
pubblicati da Rizzoli

Il passato è una terra straniera (2004; Best BUR 2013)

Cacciatori nelle tenebre con Francesco Carofiglio (2007)

Non esiste saggezza (2010; Best BUR 2013)

La manomissione delle parole (2010; Best BUR 2013)

Il silenzio dell'onda (2011; Vintage 2012)

Il bordo vertiginoso delle cose (2013)

I libri di Francesco Carofiglio

With or without you (BUR Rizzoli 2005)

Cacciatori nelle tenebre con Gianrico Carofiglio
(Rizzoli 2007)

L'estate del cane nero
(Marsilio 2008; Tascabili Maxi 2011)

Ritorno nella valle degli angeli (Marsilio 2009)

Radiopirata (Marsilio 2011; Tascabili Maxi 2013)

Wok (Piemme 2013)